365 DAYS OF LOVE

365 DAYS OF LOVE

오늘
당신이
좋아서

전소연 지음

ㄴㄴ > < ㄷㄴ

contents

season 1.

spring

march.1 - may.31

새벽안개를 떠올리면 블라디보스토크의 버스 정류장이 생각난다. 살면서 숱한 새벽을 맞이했었고 자욱한 안개 속에 갇힌 적도 여러 번 있을 법한데 유독 블라디보스토크가 생각나는 건 아마도 K와 함께 있었기 때문일 것이다. K와의 처음을 생각하면 새벽안개가 떠오르는 것도 같은 이유에서다. 누군가를 알게 된다는 것, 그 시작을 기억한다는 것은 새벽안개를 민트색이라고 말하는 것처럼 의미를 부여하는 일인 것 같다.

K는 시를 쓰는 시인이다. 나는 교과서에 실린 시를 읽고 중간고사에 대비하여 시인의 약력을 외워보긴 했지만 실제로 시인을 만난 건 그가 처음이었다. 여럿이 떠난 몽골 여행에서 만난 그는 빈티지 오토바이를 몰고 최신형 노트북으로 글을 쓰고 카멜 담배를 즐겨 피우는 시인이었다. 그 무렵 나는 그를 시인이라 생각하기보다 '매우 유니크한 사람' 정도로 여겼던 것 같다. K와 함께 블라디보스토크로 떠나게 된 것은 그의 책에 들어갈 사진을 찍기 위해서였다. 누군가의 책에 내가 찍은 사진이 들어간다는 이유만으로도 나는 망설임 없이 짐을 싸들고 따라나설 수 있었다.

우리는 속초에서부터 배를 타고 러시아로 향했다. 배 안은 야릇하게 더운 공기가 가득했다. 아주 오래전부터 여러 사람의 호흡을 지나쳐온 듯한 냄새, 어쩌면 러시아의 냄새일 수도 있겠구나라는 생각이 들었다. 창백한 형광등 불빛 아래서 하룻밤을 보내고 아침밥으로 4000원짜리 북엇국을 먹었다. K는 밤새 무언가와 싸우는 듯한 표정으로 끙끙 앓았다. 오한과 열이 번갈아 찾아오는 듯했다. 러시아 자루비노 항에 내려 입국 절차를 마치고 겨우 블라디보스토크로 가는 버스에 오를 수 있었다. 숙소도 정해지지 않았고 K의 몸 상태도 여전히 좋지 않았다. 얼마가 지났을까, 우리는 안개가 짙게 깔린 버스 정류장에 내려졌다. 또 한 명의 동행자가 숙소를 알아보는 동안 K와 나는 버스 정류장에 놓인 벤치에 나란히 앉았다. 그는 눕고 싶다며 내 무릎 위로 흘러내렸다. 안개 탓인지 혹은 아파서인지 내 무릎에 놓인 그의 얼굴이 아득하게 보였다. 그는 눈을 감고 어딘가로 건너가고 있는 듯했다. 아마도 그때가 시작인 것 같다. K를 알고 싶다고 생각한 것이.

분명 그전부터 우리의 여행은 시작되었는데 나는 이곳 블라디보스토크 버스 정류장에서 새로운 여행을 시작하고 있었다.

봄을 기다리는 마음으로
당신에게 씁니다.

인연은 여러 가지 이유로 시작된다.
바람이 좋아서라든가
조금 걷고 싶어서라든가
커피가 생각나서라든가 하는 이유로.

당신과 나의 인연도 그렇게 시작되었다.
당신에게 건넨 사진 한 장으로.

많고 많은 사람 중에
선명하게 내 것이 되는 사람이 있다.
아마도 우리가 부르는 인연이 그것이겠지.
마음을 끄는 그 누군가.

그저 나른한 오후에 푹신한 소파가 생각났다. 아니 푹신한 소파가 필요하다는 생각이 들었다. 언젠가 나의 공간이 생기는 날 방 한켠에 책 읽기 적당한 크기의 녹색 기운이 감도는 푹신한 소파를 들여놓을 결심을 했다. 그저 나른한 오후에 삶이 지루하지 않았으면 좋겠다라는 생각을 했다. 조용한 것과 지루한 것은 다르다고. 그저 나른한 오후에 공동 수면의 욕구와 공동 책 읽기의 욕구를 느끼게 만드는 사람을 만나기를 바랐다. 전부는 아니지만 이 정도의 욕구는 채워져야 한다고 생각했다. 눈을 맞추고 숨을 느낄 수 있는 사람이 필요한가보았다. 그저 나른한 오후에 생각이 꼬리에 꼬리를 물었고 나는 조금 우울해졌다.

'감사는 가진 것에서 오는 게 아니기에
저는 오늘도 감사할 수 있습니다'라고 시작하는
동생의 엽서 한 장을 받았다.

그녀의 진단은 이러했다.
"연애를 하세요."

모든 연애는 우연의 산물, 이라고 (그가) 말했다.
정말 그렇다면 너무 슬퍼요, 라고 (내가) 말했다.

당신이라는 방의 구석에서
꿈을 꾼다.

"내가 당신에게 얼마나 많이 말했는데……"
"언제?"

때로는 직설법이 필요하다.

그와 참 닮았다 싶은
사진 한 장을 보면
괜스레 미소 지어진다.

오늘의 운세

"쓴맛을 보나, 자신감이 생긴다."

일단 당신에게 전화를 걸기로 결심한다.

금요일 오후,
스페인 영화제에 함께 가자고 했다.
우리가 함께 볼 영화는 〈바흐 이전의 침묵〉이었다.

단지 스페인 영화제에서 상영된다는 것뿐 영화에 대한 정보는 전혀 없었다.
나는 바흐의 음악을 들으며 영화 내내 잠을 잤다.
금요일 오후의 달달한 낮잠이었다.
어찌됐건 그의 곁에서.

셔터가 닫혔다가 다시 열리는 동안 습관처럼 내 눈도 감긴다.
1/125초가 되기도 하고, 1/1000초가 되기도 하고
가끔은 3초가 되기도 하는 그 시간에 나는 눈을 감아버린다.
빛이 필름에 새겨지는 동안 어떤 상이 맺힐까를 상상하며
사진의 과정에 참여하는 것이다.

당신이 내 앞에 나타났을 때 나는 습관처럼 눈을 감아버렸다.
그날의 잔상이 한 계절을 지나는 동안 계속되었다.

그러니깐 눈 내리는 춘삼월에 나는 쏟아져나오던 너의 메타포들을 퍼즐조각처럼 끼워맞추며 딴생각을 하고 있는 거다. 바람은 이미 불고 있는 건데 어디서부터 불어왔는지 어디로 가는지 치밀하게, 혹은 은밀하게 바람의 딴생각과 일맥상통하고 싶은 거다.

조금도 위로가 되지 않는 말.
"괜찮아. 다 잘될 거야."

"생일 축하해"라는 말에 담긴 진심.
말해버리면 싱겁게 끝나버릴 것 같아 꾹 삼킨다.

계속 잠만 온다.
봄인데, 봄인데…… 하면서.
달리 방법은 없고.

자주 하늘을 올려다보는 습관이 생긴 건
혼자가 아닌,
당신과 함께 여행을 시작한 그 순간부터였다.

사진을 처음 배울 때 거리 조절이 어려운 것처럼
사람 사이에도 얼마만큼의 거리를 두느냐가 항상 어렵다.
저만치 멀리 무한대의 거리에 두고 싶은 사람은
꼭 눈치 없이 다가와 뒷걸음질치게 한다니까.

내가 아니라
봄이 나를 재촉하는 것이다.

사람들은 말을 해서 자신을 감추기도 하고
듣는 편을 택해서 자신을 감추기도 하죠.

끝끝내 내가 당신을 알 수 없는 이유예요.

그가 내 방에 온 날이었다.
"평생, 네가 끓여주는 커피를 마시면 좋겠다."
커피를 한 모금 마신 그는 나른하고 다정한 목소리로 말했다.
순간, 시간이 멈췄으면 하고 생각했다.
그가 돌아간 뒤 시곗바늘을 거꾸로 돌렸다.
오래 기억하고 싶은 이 순간을 위해 건전지를 빼두었다.

이달의 Must Have.
적당한 거리 두기.

한쪽 가슴으로는 그리고

다른 한쪽으로는 애써 지우는 모순의 반복은……

아무도 모르는 빗방울처럼
당신의 창에 매달려 있고 싶은 밤.

그리움이라는 것.
아무리 연습해도 익숙해지지 않는다.
보고 싶다는 말.
입 밖으로 꺼내버리면 더욱 간절해진다.

옷장 문을 열어본다.
아무리 뒤적거려보아도 입을 옷이 없다.

꽃보다 먼저 봄은 찾아왔는데.

초록색을 보면 그냥 기분이 좋다.
당신을 보면 이유 없이 기분이 좋은 것처럼.

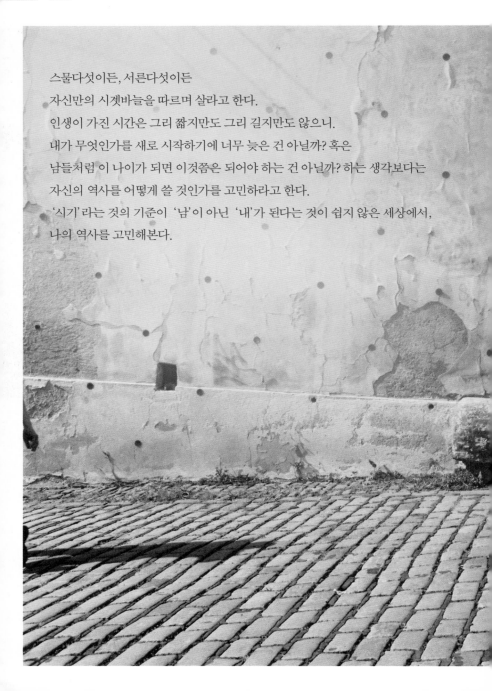

스물다섯이든, 서른다섯이든
자신만의 시곗바늘을 따르며 살라고 한다.
인생이 가진 시간은 그리 짧지만도 그리 길지만도 않으니.
내가 무엇인가를 새로 시작하기에 너무 늦은 건 아닐까? 혹은
남들처럼 이 나이가 되면 이것쯤은 되어야 하는 건 아닐까? 하는 생각보다는
자신의 역사를 어떻게 쓸 것인가를 고민하라고 한다.
'시기'라는 것의 기준이 '남'이 아닌 '내'가 된다는 것이 쉽지 않은 세상에서,
나의 역사를 고민해본다.

그녀의 마음을 꽃처럼 살 수 있다면 참 쉬울 텐데.
꽃으로 그녀의 마음을 사보려니 한 송이도 고르기 어렵구나.

당신의 마음을 얻기 위해서는 숱한 내 마음을 비워야 했다.

Whisper Pink

잔인한 4월의 어느 날, 세상은 내 기분과 전혀 상관없이 돌아가고 있는 듯 볕이 유난히 좋은 날이었다. 흐린 날보다 화창한 날에 감정을 조절하기가 쉽지 않은 나는 전철역 창가에 한참 동안 서 있었다. 성북행 열차와 수원행 열차가 차례로 혹은 나란히 내 시야에 들어왔다가 사라지기를 반복했다. 일상이라 불리는 오후 한낮의 전철역 풍경은 소란스럽지 않았다. 단지 마음이 요동치고 있을 뿐이었다. 이유 없이 울고 싶을 정도로.

창가 옆에는 즉석에서 증명사진을 찍어주는 오래된 기계가 놓여 있었다. 더이상 분홍이라고 할 수 없는 빛바랜 색의 커튼이 내려져 있는 상자로 시선을 옮기다가 문득 기계 측면에 홍보용으로 붙어 있는 사진 속 여자와 눈이 마주쳤다. 그녀는 애써 웃는 듯 보였다. 노력은 하고 있지만 노력만큼 예쁘지도 사랑스럽지도 않은 애처로운 포즈의 사진이었다. 그런 그녀의 노력이 마치 내 모습 같았다. 누군가의 마음을 얻기 위해 쏟았던 노력들. 사랑받지 못한 고양이처럼 끙끙대다가 결국 스스로 마음을 잘라보려 한 서글픈 노력들. 홍보용 사진 속 그녀의 모습은 노력해도 안 되는 것이 있다는 사실을 눈으로 확인시켜주려는 듯했다. 참고 있던 눈물이 흘러내렸다. 나는 커튼을 열고 사진기 안으로 들어갔다. 약간의 불안함과 편안함이 동시에 느껴졌다. 얼굴이 가려지는 것만으로 충분히 은밀해진 기분이었다. 그동안의 감정들을 한꺼번에 쏟아내며 한참을 울었다. 즉석 증명사진기 안에서 고해성사라도 한 기분이었다. 혹시나 사진을 찍으러 들어오는 사람이 있을까 살짝 신경이 쓰였지만 가능성은 희박했다. 그런데 잠시 후 커튼 밑으로 서성이고 있는 구두가 보였다. '설마 사진을 찍으려고 기다리는 건가?' 감정은 멜로에서 시트콤으로 급반전되었다. 눈물은 말라 있었지만 누가 봐도 울다 지친 여자였다. 민망해서 이대로 커튼을 열고 나갈 수가 없었다.

나는 명랑한 안내방송에 따라 주섬주섬 돈을 넣고, 카메라를 보고 활짝 웃었다. '번쩍!'

사진이 인화되는 동안 화장을 다듬고, 최대한 자연스러운 표정을 지으며 밖으로 나왔다. 순서를 기다리고 있던 구두의 주인공과는 눈을 마주치지 않았다. 증명사진 속의 내 모습은 가관이었다. 눈은 부어서 쌍꺼풀이 두 배로 커져 있었고 플래시가 터져서 놀란 표정과 적나라하게 드러난 피부, 정리되지 않은 머리카락은 으슥한 골목에서 쓰레기봉투를 뒤지다 놀란 도둑고양이를 떠올리게 했다. 만약 그 사진을 여권사진으로 사용한다면 출입국 심사 때마다 의심의 눈길을 견뎌야 할 것이고 운전면허증 사진으로 사용한다면 단속에 걸리지 않기 위해 교통법규를 잘 지키는 시민이 되었을 것이다. 나는 도저히 사용할 수 없는 증명사진을 들여다보며 다짐했다. '더이상 찌질해지지 말자.'

그날 나는 즉석 증명사진기 안에서 L에 대한 지난 3년간의 짝사랑을 정리했다.

어디에 내 마음을 둘 것인가
얼마만큼 간격을 둘 것인가
너의 생각과 나의 생각이 일치하는
배치 요령이 필요한 거지……

나는 나야.
혼잣말을 잘해도 나고
주어를 곧잘 빼먹어도 나고
우유부단해도 나야.
그렇지?
자존감이 오르락내리락하는 요즘,
나에 대해 생각이 많아진다.

타이레놀이 필요한 날.

거기가 어디든
관계의 이름이 무엇이 되든
우리가 있어야 할 자리는
사랑하는 사람의 옆자리가 아닐까, 라고 했던 그녀의 명확한 말처럼
쉽게 풀리지 않는 숙제를 안고 있지만
그저 곁에서 웃을 수 있음이 좋다고
자정이 넘은 시각, 마을버스를 타고 집으로 가면서 생각했다.

사진 속 사물들이 말을 걸어올 때가 있다.
외로운가보다.

무지개를 찾는 꿈.
깨어나야 할 꿈.

"기차 시간이 다 되어간다구!"
"빠트린 물건은 없지?"
어머 내 정신 좀 봐……
정신을 어디다 두었는지 기억나지 않아.

기다리던 기차가 왔고
서둘러 기차에 올랐다.
'서둘러 기차에 오르는 마음'
지금의 내 마음이다.

어디서건 담배 한 대의 여유를 즐기시는 당신, 부럽군요.

눈높이를 맞춰요!

주의) 눈높이를 맞추면 자칫 사랑에 빠질 수 있음.

애매한 부분에 뾰루지가 나면
그것만큼 곤란한 일도 없다.

내가 쓰는 소설은 언제나 해피엔딩.
그래서 오늘도 맑음.

냉정과 열정 사이를 오가던
오늘 아침 당신의 양말들.

A형 여자는 남자친구가 생기는 순간
사방에 벽을 만들고 가두지. 그리고 만두만 먹이는 거지.
그게 바로 〈올드보이〉야……
B형 남자는 구속받는다는 느낌을 받는 순간
탈출을 꿈꾸지……
그게 바로 〈빠삐용〉이고……

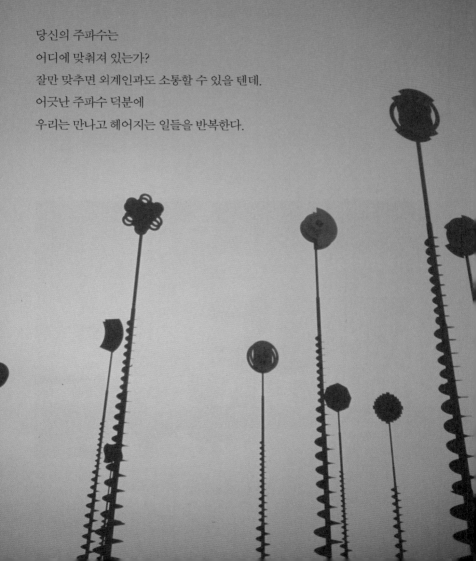

당신의 주파수는
어디에 맞춰져 있는가?
잘만 맞추면 외계인과도 소통할 수 있을 텐데.
어긋난 주파수 덕분에
우리는 만나고 헤어지는 일들을 반복한다.

불쑥 찾아와 방황하며 잃어버린 세계를 되살려내는,
기억이란 그런 것.

내가 보는 내가 진짜 나인가?
네가 보는 내가 진짜 나인가?

수치심과 자아도취 사이에서.

연두 잎사귀들은 너무나 사랑스러운데
4월은 언제나 잔인하다는 생각.
올해는 예외였으면 하는데
4월이 얼마 남지 않은 토요일에
흰머리 일곱 개를 뽑으면서 드는 생각.
'너 왜 피곤하게 사니?'

"그녀에게선 봄냄새가 나요."

진정한 용기란 진정한 무모함에서 비롯되는 것일까?

가볍게 인사를 건네며 바다가 바라보이는 테라스에서
카푸치노 한 잔과 오렌지 잼이 들어간 크루아상 한 개.
물론 좋은 아침이지만
어렵사리 침대를 기어나와 늘 하던 식으로 아침을 준비하고,
허겁지겁 현관문을 박차고 나가 신호등에서 버스를 향해 달리는
그런 아침도 좋은 아침이겠거니, 라고 생각한다.

만일 이 세상이

바람처럼

공기처럼

우리가 숨쉬는 것처럼 그렇게 느껴진다면……

시간은 하찮은 듯한 걸음걸이로 기어간다.

요즘 같은 날에는 자주 관조의 태도로 햇살을 바라보게 된다.
간신히 평정심을 되찾고 살아가는 나에게
당신, 그렇게까지 친절할 필요는 없었다.

"정말이지 갈증이 나는군요."

모든 기억은 다소간 왜곡되어 있다.

"나 오늘 센티멘털해."

그런 날에는 기차를 타고 싶다.

"어디로 가려고?"

"생각으로부터 자유로울 수 있는 곳으로."

산다는 건

단정짓거나 단언할 수 없는 일.

가장 좋은 방법은 지금 현재를 즐기는 것이라는 생각이 들었다.

사랑한다는 건

단정짓거나 단언할 수 없는 일.

가장 좋은 방법은 지금 후회 없이 사랑하는 것이라는 생각이 들었다.

단 한 장의 사진.
단 한 번의 순간.
단 한 번의 선택.
단 한 번의 인생.

가볍게 웃어주지 뭐.

사랑에 헤메고
사람에 헤맨다.

꿈에 빠져 길을 잃는 게 아니라
길 잃은 꿈을 꾸는 것뿐.

존재하지 않는 목적지 사이를 여행하는 우리의 이름은
서로입니다.

창으로 햇살이 비친다. 창문을 열면 바깥의 공기보다 갓 태어난 빛이 먼저 밀려들 것처럼 환하다. 창가에는 작은 화분이 놓여 있고 꽃무늬가 수놓아진 커튼이 창문 한쪽에 내려져 있다. 소박하지만 이곳과 잘 어울리는 창이라는 생각이 든다. 눈이 부시다.

몽골의 낯선 호텔방에서 맞이하는 아침은 화사했다. 나에게 주어진 하루를 기대하게 만드는 방안의 풍경이었다. 그 풍경을 오래도록 기억하기 위해 나는 사진을 찍었다. 나에게도 밝은 방이 생겼으면 좋겠다고 생각했다. 매일 아침 햇살이 가득한 방에서 눈을 뜬다면 여행을 하지 않아도 여행 같은 삶을 살 수 있을 것 같았다. 나는 이 사진을 찍고 2년 뒤에야 밝은 방을 마련할 수 있었다.

방을 구하던 날은 몹시 추웠다. 나이 서른에 나만의 공간을 마련하기 위해 과감하게 대출을 받아 통장에 3000만 원을 채워두었으나 혼자서 방을 보러 다닐 엄두가 나질 않았다. 자취 경력 13년차인 K의 도움을 받기로 했다. 우유부단한 성격을 지닌 나에게 그는 꼭 필요한 사람이었다. 나는 무엇보다 햇살이 잘 드는 밝은 방이길 원했다. 이왕이면 창문이 넓어 환기가 잘 되고 화장실은 깨끗하며 수압이 높아서 물이 시원하게 나와야 하고 방의 기운이 좋았으면 하고 더 바랐다. 이 모든 조건을 만족시킬 만한 방을 구하기 위해서는 통장이 더 두둑해야 했을 것이다. 그러나 현실을 마주하기 전까지 꿈은 얼마든지 꿀 수 있는 일이었으니까.

그와 함께 첫번째 부동산에 들어갔다.
"여자 혼자 지낼 만한 원룸이 있을까요?"
"없어요."

두번째 부동산에 들어갔다.
"여자 혼자 지낼 만한 깨끗한 원룸이 있을까요?"
"없어요."
"언제쯤 매물이 나올까요?"
"봄이나 되어야 슬슬……"

세번째 부동산에 들어갔다.
"전세로 구할 수 있는 방이 있을까요?"
"요새 전세는 구하기 힘들지. 길 건너에 5000에 20으로 나온 집이 있는데 투룸이야."
"투룸은 필요 없어요."
"둘이 사는 거 아닌가? 둘이 살기에 나쁘지 않은 집인데……"
부동산 아저씨의 말에 내 얼굴이 슬며시 붉어졌다.

부동산에 들어갔다 나올 때마다 기분이 싸해졌다. 서른 살에 독립을 해보겠다고 발품을 팔고 있는 내 모습이 한심하게도 느껴졌다. 나의 심란한 마음을 읽었는지 자취 경력 13년의 방 구하기 전문가는 미지의 세계와도 같은 방 구하기의 노하우를 끊임없이 전수해주며 기분전환을 유도했다. 다섯번째 부동산에 들어가기 전 우리는 편의점에서 따뜻한 캔커피를 마시며 오늘 방을 못 구하면 다른 날 다시 오자고 이야기했다. 어차피 방은 여러 번 보러 다닐 작정이었으니 첫날부터 실망할 필요는 없었다. 별 기대 없이 부동산에 들어갔다. 예산보다 조금 높은 가격의 방이 있었다. 일단 방이라도 보기로 하고 부동산 아저씨를 따라갔다. Room 303호. 무엇보다 넓은 창이 마음에 들었다. 방안 가득 환하게 볕이 들어와 말 그대로 '밝은 방'이었다. K도 마치 자신이 지낼 것처럼 방을 구석구석 둘러보더니 계약하라며 적극적으로 권유하였다. 귀신에라도 쐰 듯 나는 계약서에 덜컥 지장을 찍고 말았다. 내 인생에 사람이건 대상이건 첫눈에 반하는 경우는 없다고 생각하며 살았는데 이번만큼은 예외였다.

며칠 뒤 나는 '밝은 방'으로 짐을 들였다. 방안의 가구는 일인용 침대와 책상이 전부였지만 그것으로 완벽한 세팅이었다. 매일 아침 여행하는 기분으로 일어나고 싶은 마음에 침대 머리맡에 몽골에서 찍은 사진을 붙이는 것도 잊지 않았다. 짐 정리를 마치고 함께 방을 구하러 다녔던 K를 초대했다. 그는 내 방에 잘 어울릴 것 같다며 분홍색 라넌큘러스 한 송이를 무심한 듯 건네주었다. '로맨틱한 구석이 있는 남자로구나'라고 생각했다. 그가 선물한 꽃을 투명한 유리병에 담아 볕이 잘 드는 창가에 두었다. 부동산 아저씨의 말에 분홍으로 변하던 내 얼굴처럼 그가 선물한 분홍색 라넌큘러스가 햇살을 받아 조용히 피어올랐다. 내 방의 공기도 다정한 분홍으로 물들고 있었다.

다시,
산책을 시작할 수 있는 마음이면
충분합니다.

"함께 산책하실래요?"

믿음이란 당신이 보는 것이 아닌

당신 자신으로부터 비롯되어야만 하는 것이다.

—장 그르니에, 『어느 개의 죽음(민음사, 1997)』 중에서

한 입 베어 물고 싶은 아슬아슬함.

잘 들키고
잘 삐치고
쉽게 믿고
쉽게 흔들리고
이기적이고 고자질도 잘하고
가끔 자학도 하는
나이 서른의 어린이.

여행이 연애와 다른 게 있다면
목적지를 고를 수 있다는 것.
연애가 여행과 같은 게 있다면
늘 배고프다는 것.

85

엄마는 내가 누구와 통화하는지 목소리만 듣고도 안단다.

그러곤 바보 같단다.

문제는

내가 바보 같음을 인식 못하는 사이에

통화는 끝이 난다는 거다.

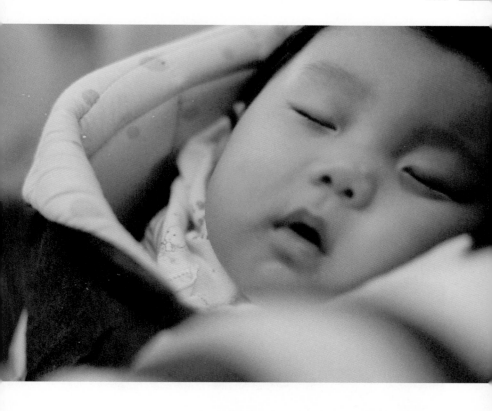

"콘센트도 가까이 들여다보면 아름다워요."
나는 잠든 당신의 콧구멍을 들여다보았다.

"결혼은 왜 하고 싶어요?"
"글쎄요…… 그러해야 할 시기도 된 거 같고
삶에 변화를 주고 싶기도 하고
이제는 누군가와 둘이서 삶을 꾸리고 싶기도 하고……"
무척이나 어렵게 이야기를 풀어가려고 끙끙거리다
"당신은 왜 하고 싶은데요?"라고 반문한다.
"이제는 혼자 자는 게 싫어요."
간단명료한 이유가 더 설득력 있게 느껴졌다

당신도 나와 같나요?

나에게만 고유하게 있는 어떤 것.
나를 나이게 하는 어떤 것은
바로 나에게서만 비밀스럽게 확인되는 '욕망'이지요.

흐느끼는 당신이
내 어깨에 내려앉은 작은 새 같았던 순간,
'어쩌면 자신의 연약함을 내보이는 사랑이
가장 강한 사랑일 거야'라고 하던
당신의 중얼거림이 떠올랐다.

혼자 먹는 밥은 맛이 없어 당신에게 전화를 걸어보지만
"전화를 받지 않아 소리샘으로 연결합니다".

엉킨 실타래처럼 풀기 어려운 관계를 해결하는 가장 쉬운 방법은

끊어버리는 것.

이름 하나가 새겨지는 데 드는 시간보다
당신 이름 하나를 지우기까지
하염없이 흘려보내야 했던 긴긴밤의 시간들.

당신과의 연애는
시차를 건너가야 하는 일.

그보다 시차를 견디는 일.

결국, 이라는 단어는 무섭고
그래도, 라는 단어는 쓸쓸하다.
결국, 이란 단어가 기대되고
그래도, 라는 단어에서 설렘을 느끼던
어렴풋한 기억.

내가 기억할 수 있는 빛을 사각 프레임 안에 가두고
그것이 나의 기억이라고 이야기한다.
사진의 기억력은 빛이고
빛을 대하는 태도는 나의 기억이겠지.
'기억'이라는 관념적인 단어 하나로 숱한 이미지들을 그려냈고
숱한 이야기들이 오고 갔다.
그날의 기억은 나도 장담할 수 없다.

갓 지은 시를 읽어주는 너의 목소리는
갓 구운 빵의 속살처럼 폭신하다.

일요일의 브런치 주문법 : 둘이서 3인분을 주문한다.

따지고 보면 참으로 다양한,
면면이 엄격한 생의 경계를
우리는 아무렇지도 않은 듯 넘나들며 살지요.

너와 나.
누구도 방해할 수 없는 그곳에서
단둘이 쉬고 싶어서
한번쯤은 꿈꿔본다.

"쉬었다 가시는 건가요?"

나의 첫인상에 대해 세 명의 남자에게 물었다.

너? 글쎄. 동그랗고 시커맸어. 코랑 이마가 기름기로 늘 번들거렸고,
   뭐가 그리 좋은지 늘 웃고 있었지.
목소리가 참 좋았던 거 같아. 난 목소리 좋은 사람에게 끌리거든.
첫 대화. 그게 너의 첫인상이야.
   단순히 이야기가 잘 통했다는 그런 느낌을 말하는 게 아니야.
   분명 너 같은 매력을 가진 사람을 쉽게 만날 수는 없다는 얘기지.
   아마 평생 만날 수 없을 거란 생각이 들었던 것 같아.

그들은 한때 나를 설레게 했던 남자들이란 공통점을 가지고 있지.

꽃씨를 심고 싶은 날 = 사랑하고 싶은 날

코에서 슈크림이 나와요.
말을 하면 내 목소리가 가까이서 들려요.
오늘 아침엔 23분이나 늦게 일어났어요.

꾸역꾸역 외출을 해보니 감기와 안 어울리는 화창한 봄날이군요.

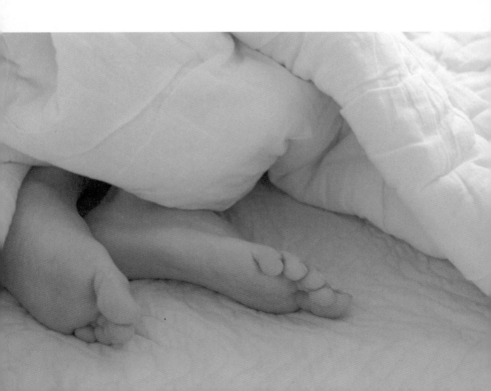

아침에 눈을 떴을 때 가장 먼저 너의 얼굴을 마주하는 것이 좋아.
잠들기 전 얼굴 쪽으로 파고든다.

변함없는 너의 안부 인사
"밥은 먹었어?"

변함없는 나의 안부 인사
"같이 밥 먹을래?"

너의 눈동자를 보고 있으면
너여야만 하는 이유가 분명해진다.
그럼에도 불구하고 너여야만 하는 이유를 찾는다면
'나'이기 때문에.
숨길 수 없기 때문에.

아마도 나는
당신이 무척이나 궁금한 모양이다.

나만 아는 비밀보다
나만 모르는 비밀이
더 많다는 것을 알았을 때의 서늘함.

무언가에 간절하다는 것.
가져본 지 오래된 감정이다.
때로는 그 간절함이 간절하다.
What do you want?

누구나 다 아는 것과
아무도 알 수 없는 것 사이에서
보호색을 만든다.

season 2.

summer

june.1-august.31

Rainy day

며칠째 비가 내린다. 하늘을 올려다보니 온통 잿빛이다. 어제는 회색에 가까운 잿빛이었고 오늘은 낡은 종이색에 가까운 잿빛이다. 어제는 장대비가 내렸고 오늘은 부슬비가 내리는 정도의 차이라고나 할까. 부슬부슬이라는 단어가 간지럽게 느껴진다. 이런 날에는 웬만하면 집밖으로 나서면 안 된다. 곱슬머리에게는 최악의 조건이기 때문이다. 공기 중의 수분을 머금은 머리카락이 한 가닥씩 자신의 존재감을 알리며 부풀어오른다. 그야말로 부슬부슬한 머리가 되는 것이다. 다행히 오늘은 휴일이고 나는 별다른 일 없이 방에서 뒹굴고 있다.

띠리링. K에게 문자가 왔다. '뭐해? 나랑 헌책방에 가자.' 이런 날에는 외출을 삼가야 하지만, 게다가 남자를 만나는 일은 더더욱 피해야 하지만 나는 K가 부르면 무조건 오케이다. 튕기는 일은 좀처럼 없다. 여자는 튕기는 맛이 있어야 한다지만 K에게 튕겼다가는 그대로 튕겨나갈 것 같았다.

우리는 용산역에서 만났다. 그는 낡은 검정 셔츠에 회색 진을 입고 있었다. 내가 좋아하는 옷차림이었다. 한 손에는 우산을 들고 다른 한 손에는 평소와 다름없이 담배를 들고 있었다. 나는 부스스한 머리를 매만지고 그에게 다가갔다. 헌책방은 용산역에서 꽤 거리가 있었다. 여러 골목을 지나는 동안 그는 헌책방에 대해 설명해주었고 나는 잰걸음으로 그를 따라가며 귀를 기울였다.

헌책방 입구에는 책이 잔뜩 쌓여 있었다. 지하로 내려가는 계단에도 책은 빼곡히 쌓여 있었다. 책의 무덤 같다는 느낌을 받았는데 입구에 적힌 문구를 보니 무덤에서 보물이라도 발견할 수 있을 것 같았다. '책이 주인을 기다립니다.' 좁은 통로를 지나 지하로 내려가자 세월을 거슬러 70년대에 와 있는 듯했다. 라디오에서 들리는 잡음 섞인 음악 소리와 툴툴거리며 돌아가는 선풍기, 그리고 낡은 책들. 비 오는 날에 잘 어울리는 풍경이었다. K는 비 오는 날 헌책방에 오는 걸 좋아한다며 이제 자기는 신경쓰지 말라고 귓속말을 남긴 뒤 책 사이로 사라졌다. 책 제목들을 훑어보며 책방을 구경하고 있는데 주인 아저씨가 믹스커피 한 잔을 타다주셨다. 생각지도 못한 서비스에 감동하며 커피를 손에 들고 책들 사이를 이리저리 돌아다녔다. 비 오는 날이라 커피 향이 더욱 진하게 느껴졌다. 헌책방 특유의 책냄새와 커피 향은 완벽한 조합이었다. 책장을 지나다보면 그가 보였다. 책을 고르는 그의 모습을 곁눈질하는 것이 좋았다. 그를 의식하며 책을 뒤적거리고 있는데 갑자기 배가 아파왔다. 나는 이상하게도 책냄새를 맡으면 대장 활동이 활발해져 화장실에 가야 하는 사태가 생기는데 오늘도 변함없이 그 순간이 찾아왔던 것이다. 책이 있는 곳에서 교양을 차릴 수 없는 운명인 것이다. 진정될지도 모른다는 생각에 조금 참아보았다. 진정되긴커녕 소리 없이 가스만 새어나왔다. 하필이면 그때 그가 내 쪽으로 다가왔다. 다행히도 그는 청각은 예민하지만 냄새에는 둔했다. 책냄새와 커피 냄새 사이에서 나의 냄새를 인식하기 전에 그 자리를 떠나야 했다.

"나 잠깐 나갔다 올게."

"왜? 배 아파?"

"어? 어……"

당혹스러웠다. 그가 나의 냄새를 맡았는지 아니면 내 표정을 보고 알아챈 건지 알 수 없었지만 더이상 지체할 수 없어서 나는 화장실로 종종거리며 달려갔다. 일을 치르고 편안해진 상태가 되어 다시 책방으로 들어갔다. 그는 책을 들여다 보고 있었다. 나는 굳이 그에게 다가가지 않았다. 내가 할 수 있는 일은 아무렇 지도 않게 행동하는 것이었다. 한참 동안 책을 고르다 몇 권을 사들고 우리는 헌 책방을 나왔다.

아슬아슬한 순간이 있긴 했지만 비 오는 날 헌책방은 꽤 운치 있는 데이트 명소 였다. 그날 이후 우리는 자주 헌책방에서 만났고 그때마다 나는 화장실을 찾았 지만 그는 그다지 신경쓰지 않았다. 냄새에도 길들여지는 법이니까.

복숭아가 익어가는 계절에 당신을 만났다.
한 입 베어 물면 은은하게 퍼지는 복숭아 향처럼
달콤해, 당신.

"그 길의 덜컹거림에 네가 있으므로."
덜컹거리는 흔들림도 너를 생각하면 편안해진다.

우리에게 시차적응이 필요한 건
몸은 여기에 있는데 마음은 여전히 '그곳'에 두었기 때문이라는군요.
여기보다 어딘가에 두었을 당신 마음을 헤아려보게 됩니다.

너의 냄새

너의 손길

너의 숨소리

너와의 포옹

너의 마음

너의 뒷모습

따스해.

당신의 해마에는 어떤 것들이 저장되고 있는가?
햇살 좋은 날 그와의, 혹은 그녀와의 산책이길 바란다.

모처럼 휴일에 본 영화의 느닷없이 지루하고 얌전한 감동.
—침연의 문장수업 시간에

죽음이라는 것. 멀리 있지 않은 것인데 늘 망각하게 된다니까.

이 세상에서 태어나 만신창이가 되지 않는 감정은 없다.
　　　　—장아이링, 『경성지련』(문학과지성사, 2005) 중에서

비 오는 날 헌책방의 냄새.

비 오는 날 헌책방에서 마시는 믹스 커피 한 잔.

비 오는 날 헌책방에서의 데이트.

좋아해.

떠도는 생각들, 사소한 감정들, 미묘한 울림들,
알 수 없는 막연한 감정에 사로잡히는 나날들.
사랑에 빠졌다는 증거들.

[no_where] 어디에도 없는 혹은
[now-here] 지금 여기에
한 단어를 어떻게 읽느냐에 따라 다른 의미가 된다.

중요한 것은 바라보는 시선.
그러나 시선을 달리하면 움직임도 달라져야 한다는 생각.

오늘따라 네가 생각나.
매번 이름을 물어보았던 '라넌큘러스' 한 송이를 산다.

저녁 무렵 창문을 열어젖힌다.
내 방의 공기도 서서히 여름이 되어간다.

1년만 낯선 곳에서 살아보고 싶다.
하루에 한 장씩 당신에게 엽서를 보내며.

담벼락에 핀 장미를 보며

'야외 테이블에 앉아 맥주 마시기에 좋은 계절이 되었구나'라고 생각한다.

그리고 맥주를 마시며 이런 대화를 나눈다.

"밤공기가 좋다."

"여름이 코앞이야."

당신의 들숨과 날숨 사이에서
나는 숨고르기를 한다.

비가 오면 선명해지는 것들이 있다.
예컨대 당신이 좋아하는 빨강 루즈 같은 것.

장마가 시작된 것 같다.
장마를 기다리고 준비한 적은 없는데
장마가 시작될 때마다 익숙하게 받아들이고 있는 듯하다.
모든 것이 희뿌예지면
지루할 것 같은 장마 기간이 오히려 위로가 되는 6월의 어느 날.

오늘도 커피 한 잔으로 하루가 시작된다.

하루 종일 내리는 빗방울의 수를 세어보는 것
읽다 만 책을 처음부터 다시 읽는 것
이불 속에서 꼼짝하지 않는 것
지난 일기장을 꺼내 보는 것

비 오는 날 하기에 조금 쑥스러운 일들.

퇴근길에 모처럼 버스를 탔다.
꽉 막힌 도로 위에서
'지하철을 탈걸' 하고 후회했다.

' 쏟 아 지 는 '
당신에게 보내는 오늘의 단어.

바람에 관해 생각한다는 것은 누구나 할 수 있는 일도,
언제 어디서든 할 수 있는 일도 아니다.
인간이 진정으로 바람에 관해 생각할 수 있는 것은
우리네 인생 중에 아주 짧은 한 시기뿐일 것이다. 왠지 그런 것 같다.
—무라카미 하루키, 『잡문집』(비채, 2011) 중에서

나는 지금 '아주 짧은 한 시기'를 지나고 있다.

나의 시선은 선명해지고
나의 사고는 진화하고
나의 손길은 좀더 따스해지길.

예전엔 미처 몰랐던 사실 하나.
사랑은 표현이 중요합니다!

"외로움이란 한 생을 이해하는 데 걸리는 사랑"이라고
그가 말했다.

'그러니 사랑하면서도 외로울 수 있는 거구나.'라고
나는 생각했다.

나는 남들보다 눈을 더 자주 깜박거릴 뿐이다.

나에게 남을 마지막 문장을 고민해본다.

건물은 그냥 지어지는 게 아니고
생각은 저절로 만들어지는 게 아니다.

이 커피를 다 마시면 당신에게 키스를 퍼붓겠어요.
more erotic, please!

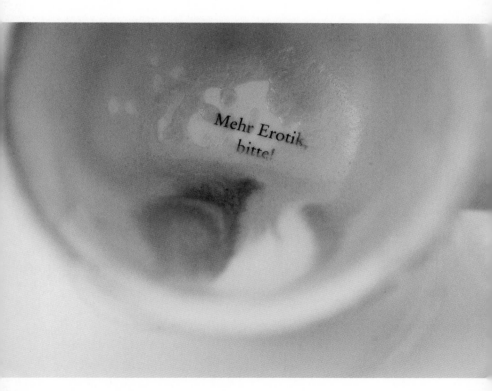

울란바토르의 게스트하우스 테라스에서 그는 담배를 피웠다.

고비사막을 함께 건너며 차가 멈출 때마다 그는 담배를 피웠다.

블라디보스토크 항구를 바라보며 그는 담배를 피웠다.

시베리아 횡단 열차가 멈출 때마다 그는 담배를 피웠다.

이르쿠츠크 앙가라 강가에서 그는 담배를 피웠다.

피렌체 기차역에 도착하여 그는 담배를 피웠다.

밀라노 대성당을 바라보며 그는 에스프레소와 함께 담배를 피웠다.

베니스의 골목을 걷다 어느 집 담벼락 아래서 그는 담배를 피웠다.

나폴리의 야경을 바라보며 그는 담배를 피웠다.

팔레르모 기차역에 주저앉아 그는 담배를 피웠다.

트라파니의 어느 호텔방에 누워 길에서 열리는 음악회의 연주를 들으며 그는 담배를 피웠다.

바리 항구를 떠나는 배의 갑판 위에서 그는 담배를 피웠다.

포트라스의 버스 정류장에서 아테네 가는 버스를 기다리며 그는 담배를 피웠다.

아테네의 신전을 내려오는 길에 카페에 앉아 그는 담배를 피웠다.

산토리니의 이아 마을에서 석양을 바라보며 그는 담배를 피웠다.

알베르벨로의 동네 할아버지들이 모인 나무 그늘 아래 앉아 그는 담배를 피웠다.

마테라의 빈집을 세어보며 그는 담배를 피웠다.

로마의 휴일에 나오는 트레비 분수를 바라보며 그는 담배를 피웠다.

방콕의 카오산 로드에서 숙소를 구하다 말고 그는 담배를 피웠다.

치앙마이에서 산을 내려오는 길에 오토바이를 멈춰두고 그는 담배를 피웠다.

도쿄의 호텔방 욕조 안에서 따뜻한 물에 몸을 담그고 그는 담배를 피웠다.

런던에 처음 도착하던 날 지나가는 이층 버스를 보며 그는 담배를 피웠다.

파리의 몽마르트 언덕에 올라 목이 마르다며 그는 담배를 피웠다.

브뤼셀의 벼룩시장에서 2유로짜리 토끼 인형을 사고 그는 담배를 피웠다.

암스테르담에서 자전거를 타고 고흐 미술관에 갔는데 휴관이라 그는 담배를 피웠다.

베를린으로 가는 기차를 타기 전에 그는 담배를 피웠다.

프라하의 택시 운전기사에게 사기를 당했다는 것을 알고 그는 담배를 피웠다.

빈의 어느 극장 앞에서 영화 상영 5분 전에 그는 담배를 피웠다.

뮌헨 기차역에서 '백조의 성 투어'를 기다리며 그는 담배를 피웠다.

상하이의 한원서점에서 '마마'로 시작하는 시를 쓰며 그는 담배를 피웠다.

쑤저우 만둣집에서 만두 한 그릇을 비우고 그는 담배를 피웠다.

하노이의 땀꼭 투어를 마치고 그는 담배를 피웠다.

루앙프라방 메콩 강가에서 아침식사를 하기 전 그는 담배를 피웠다.

방비엥의 도로 한복판에서 나랑 대판 싸우고 그는 담배를 피웠다.

비엔티엔에서 200000낍짜리 마사지를 받고 나와 그는 담배를 피웠다.

튀니스의 메디나 안에서 물담배를 피우는 사람들과 함께 그는 담배를 피웠다.

시디부사이드에서 앙드레 지드가 자주 드나들던 카페에 앉아 그는 담배를 피웠다.

스팍스의 티나 호텔 침대에 누워 지는 해를 바라보며 그는 담배를 피웠다.

두즈에서 새해를 맞이하며 그는 담배를 피웠다.

사브리아의 모래 언덕에서 노트에 단상을 적으며 그는 담배를 피웠다.

마트마타에서 〈스타워즈〉 촬영장을 내려다보며 그는 담배를 피웠다.

제르바 섬에서 지중해의 일몰을 바라보며 그는 귀에 이어폰을 꽂고 담배를 피웠다.

마라케시 제마엘프나 광장에서 그는 민트티를 마시며 담배를 피웠다.

페즈에 머무는 동안 그는 매일 노천카페에 앉아 담배를 피웠다.

셔프샤우엔 숙소 옥상에서 내가 빨래를 할 동안 그는 담배를 피웠다.

탕헤르의 버스 정류장에서 그는 담배를 피웠다.

아실라에서 생선 요리를 기다리는 동안 그는 담배를 피웠다.

카사블랑카의 전망 좋은 맥도널드 창밖에서 그는 대서양의 파도를 바라보며 담배를 피웠다.

두바이의 세계에서 제일 높은 빌딩 아래서 난쟁이 벨보이가 람보르기니의 문을 열어주는 것을 보며 그는 담배를 피웠다.

그의 연둣빛 담배 연기는 도시마다 스며들었다.

그리고 나는 그 순간들마다 거기에 서 있었다.

마일리지로 항공권을 예약했다.
되도록 먼 구간을 선택했고 가능한 일정을 길게 잡았다.
쿠폰을 열 개 찍어서 아메리카노 한 잔을 마시는 것과는
비교할 수 없는 뿌듯함이 있었다.

Are you going with me?

'여행'은 삶의 모습과 참 많이 닮아 있다.
혼자서 | 두 발로 | 그곳에 | 서다

개인적으로 내가 하고 싶은 여행은
부산하지도 않고 바쁘지도 않고
얽매이지도 않고 요란하지도 않고
꼭 봐야 할 것도 없고 꼭 해야 할 것도 없는
그런 여행이다.
내가 좋으면 그만인 하루.

그는 생각 없이 걷다가 길을 잃는 것을 좋아하고
그녀는 지도를 보고 어디쯤인지 알아차리는 것을 좋아한다.
그녀는 좁은 골목에서 만나는 사소한 풍경을 좋아하고
그는 좁은 골목에서 풍기는 일상의 냄새를 좋아한다.

사랑은 사이좋은 동행자가 되는 조건을 발견해가는 여행이 된다.

'여행'이라는 큰 명제에서 놓치고 싶지 않은 즐거움은 어디론가 떠나기 위해 준비하는 과정에 있다. 지도를 펼치고 찾아갈 위치를 연두색 형광펜으로 표시하고 그곳의 정보를 찾아 읽다보면 여행의 퍼즐조각들이 조금씩 맞춰지면서 완성된 그림을 상상해볼 수 있게 된다. 어쩌면 우리는 완성된 그림을 확인하기 위해 그곳으로 떠나는 것인지도 모르겠다.

나는 치앙마이의 어느 사원에 서 있었다.
빛을 대하는 경이로운 순간,
오래된 미래와 내가 만나는 환영처럼
짙은 그림자가 드리워졌다.

우리는 여행을 하면
그곳에서 뭔가를 보려고 발바닥에 땀이 나도록 돌아다닙니다.
결코 무엇을 보기 위해서만 여행을 하는 것도 아닌데
마치 여기를 지나 저기를 가지 않으면 안 될 것처럼 분주합니다.
잠시 그늘에 앉아 분주한 관광객들 사이에서
조용하게 하나하나 선을 이어가던 시간이 그립습니다.

"시에나에서 뭐했어?"
"젤라토 먹고 두오모 성당 앞에 앉아서 졸았어."

해질 무렵 당신과 언덕에 올랐다.
산책을 하기에 좋은 시간이었다.
사랑을 느끼기에도 좋은 시간이라고 생각했다.
당신은 어린 시절의 이야기를 하고 나는 딴생각을 하고 있었다.
아직 남아 있는 한여름의 열기 탓인지 딴생각 탓인지
당신과 가볍게 스칠 때마다 내 뺨은 달아올랐다.
바람이 불어왔고 당신의 냄새가 코끝을 스쳐갔다.

"우리가 한 장소를 떠나올 때, 우리가 떠난다는 말의 의미는
장소를 흐르고 있는 시간들의 풍경을 떠난다는 것이겠지요."
—침연의 문장수업 시간에

"시계탑 아래에서 12시에 만나자."
30분이 지나도록 그는 나타나지 않는다.
부디 당신과의 두번째 우연이 길을 잃지 말기를.

내 인생의 전성기는 언제나 '지금'이라고 말한다.

누구나 자신에게 잘 어울리는 소리가 있어요.

—영화 〈수면의 과학〉 중에서

여행을 시작한 나는 의지박약 운명론자가 된다.

이야기가 떠오르는 사진이 있다. 보이는 것이 전부가 아니라 그 너머에 있을 이
야기들이 상상되는 경우이다. 실제와 전혀 다른 이야기가 전개된다 할지라도 그
것은 사진을 보는 사람의 몫이다. 사진을 즐기는 또하나의 방법이 되는 것이다.
그런 사진은 오랫동안 시선을 붙들고 궁금증을 유발한다. 그 궁금증에 대한 답
을 상상하다보면 이야기가 완성되는 것이다. 이야기가 담긴 사진이다 혹은 아니
다는 지극히 개인적인 판단에 의해 결정되지만, 이야기가 떠오르게 하는 사진은
적어도 직접적이지 않다. 마치 뒷모습에서 읽어내는 표정처럼.

사랑하는 사람이 생기면 하루에 백 번 웃겨주는 것이 목표인 남자.

"당신, 내 남자 할래?"

지도 위에 표시된 도시들을 하나씩 지워가며
막연하기만 했던 길을 몸으로 만나는 일.
그것이 여행이라는 생각이 들었다.

덜컹덜컹.
기차의 움직임.
그 리듬감이 몹시 그리운 날.

"방향을 바꾸지 않는다면,
우리는 결국 가고 있는 곳에 도달할 거야."

"그러니까 문제는 방향인 거지……"

이 생애에서 나는 나를 위한 유적을 스스로 만들어가야 한다.

사진을 찍기 위해서는
역시 내 두 발이어야 한다는 사실을
시속 50km로 달리는 오토바이 뒷자리에서 깨닫는다.

꿈속에서는 몰랐다가
깨어나는 순간 꿈이었다는 것을 알게 될 때 느끼는 기분.
모든 것이 제자리를 찾은 듯한 느낌.

나에게 '처음'은 늘 어색하고 낯설지만 그만큼 설렘을 주는 것도 없다.

살면서 더 많은 '처음'을 수집하고 싶다는 생각을
사전에서 '처음'이라는 단어를 처음 찾으며 해본다.

그곳과 이곳, 그 거리만큼이나
아득한 아침이다.

눅눅한 바닷바람.
충분히 로맨틱하고 충분히 드라마틱했던
와이탄에서의 잠시.

내가 알지 못한 그림 속에 던져졌을 때 나는 살아 있다는 느낌을 받는다.
세포 하나하나가 살아 있다고 느끼는 순간은 그리 자주 찾아오지 않기에
매번 생소한 풍경을 찾아 여행을 떠나는지도……

여행에서 부릴 수 있는 사치는 이런 것이다.
길을 가다가 맘에 드는 카페가 나오면 멈춰서 커피 한 잔을 마시는 것.
그리고 그 카페의 풍경을 스케치북에 옮기거나 카메라에 담는 것.
이러한 사치는 살면서 꼭 한번 부려보라고 추천해주고 싶다.

잠들기 전 꿈결처럼 들리는 말.
'너와 함께라면 어디든지'라는 달콤한 말.

둘이 하는 여행이라면
강인한 정신력과 더불어 탁월한 유머감각이 두루 필요하다.

가만히 스쳐가는 것들에게
기꺼이 뜨거운 눈길을 줄 수 있는
그런 내가 되기를.

당신의 시선은 언제나 농담반 진담반.

그해 여름, K와 나는 북아프리카의 뜨거운 휴양지 튀니지에 가기 위해 이탈리아의 남부 섬 시칠리아까지 내려왔다. 배표 파는 곳을 겨우 찾았지만 자리는 이미 만석이었고 다음 배를 타기 위해서는 이틀이라는 시간을 더 기다려야만 했다. 우리에게 주어진 시간은 그리 넉넉하지 않았다. 게다가 튀니지로 가는 배는 우리가 찾아간 도시에서 출발하지도 않았다. 엉성한 여행 준비로 인한 결과는 참혹했다. 해가 뉘엿뉘엿 기우는 선착장에 앉아 커피 한 잔을 마시면서 여행에 대해 다시 생각했다. 우리가 왜 이곳에 왔는지에서 다음은 어디로 가야 하는지까지. 이탈리아의 끝자락에서 갈 수 있는 곳은 그리 많지 않았지만 못 갈 곳도 없었다. 담배 연기를 멀리 보내며 생각에 잠겨 있던 그는 자신의 컴퓨터 바탕화면에 깔려 있는 산토리니가 얼마나 멀리 있는지 내게 물었다. 나는 산토리니가 튀니지보다 멀지만 갈 수는 있다고 대답했다.

"그럼, 우리 커피 한 잔을 마시고 오더라도 산토리니로 가자."

당황스럽지만 매력적인 그의 제안에 방향을 잃었던 여행이 다시 선명해졌다. 사실 이탈리아 시칠리아 섬에서 그리스 산토리니 섬까지 가는 길은 그리 쉽지 않

다. 그렇지만 산토리니에 도착해서 커피 한 잔을 마시더라도 그곳에 가자는 제
안은 길이 멀거나 비용이 많이 든다는 등의 핑계를 말끔하게 정리해주기 충분했
다. 트라파니에서 산토리니까지 걸어본 적 없는 길이 지도 위에 그려졌다. 지도
위에 표시된 도시들을 하나씩 지워가며 막연하기만 했던 길을 몸으로 겪는 것이
여행이라는 생각, 여행은 우리가 만들어가는 그 어떤 길로도 열려 있다는 생각
을 하며 여정을 계속 이어나갔다.

사흘 밤을 배에서 보내고 반나절은 버스를 타고 목적지에 도착했다. 항구는 이
제 막 산토리니에 도착한 들뜬 여행객들과 휴가를 마치고 집으로 돌아가는 사람
들, 전망 좋은 방을 착한 가격으로 모시겠다는 숙박업소 사람들로 붐비고 있었
다. 배표 창구에 빽빽하게 늘어선 사람들을 보니 '드디어 산토리니에 도착했구
나' 하는 감격스런 마음보다 다시 돌아갈 일이 걱정되었다. 도착하자마자 돌아
갈 일정이 머릿속에 그려지는 것만큼 슬픈 일도 없지만 우리에게 주어진 시간은
짧았고 돌아가는 자리는 그리 넉넉하지 않은 상황이었다. 일단 하룻밤이라도 머
물 숙소를 잡아야 했다. 호객 행위를 하는 사람들 중에서 가장 인상 좋아 보이는
아저씨에게 접근했고 우리는 적당한 가격에 수영장이 있는 호텔로 가기로 했다.
수영장이 있는 호텔에 머문다는 것은 이번 여행의 하이라이트가 산토리니라는
것을 말해주는 것 같았다. 다른 여행객들과 함께 호텔로 가는 봉고차에 실렸다.
차창 밖으로 섬의 풍경이 들어왔다. 햇살에 그을려 물기를 잃은 듯한 황톳빛의
대지와 간간이 흩어져 있는 그리스식 하얀 집, 그리고 시선의 끝엔 푸른 지중해
가 투명한 햇살을 받아 반짝이고 있었다. 그런 풍경을 보고 있자니 커피 한 잔
마시고 돌아가기에 몹시 아쉬운 곳이라는 생각이 들었고 기어이 여기까지 왔다
는 뿌듯함이 마음 한구석에서 번져나갔다. '같은 생각을 하고 있을까?' 그는 속

내를 알 수 없는 표정으로 창밖을 향해 시선을 두고 있었다. 배에서 잠을 제대로 잘 수 없던 탓에 허리 통증이 심해진 것 같았다. 호텔에 도착해 짐을 풀고 산토리니에 어울리는 물빛 스카프를 하고 새로운 마음으로 시내로 나갔다. 일단 오토바이를 빌리고 돌아가는 배표를 구하고 점심을 먹고 섬을 돌아보자는 계획이었다. 그러나 오토바이를 빌려서 섬 전체를 돌아보자고 했던 계획은 국제운전면허증이 없는 터라 불가능해졌고, 돌아가는 배는 다음날 아침 배뿐이었으며 그는 신경을 쓴 탓인지 허리 통증이 극에 달해 밥을 먹고 싶은 생각조차 없다고 했다. 그리스의 건조한 바닷바람이 불어왔다. 건조한 건 비단 바람만이 아니었다. 커피 한 잔 마시자고 시작한 여행길이긴 했지만 결국 산토리니까지 와서 할 수 있는 일이 커피 한 잔 마시는 것뿐이라니! 이런 상황에서는 마음을 다스리는 방법밖에 없었다. 마음을 다스리기 위해서는 일단 뱃속을 다스려야 했기에 식당에서 든든하게 밥을 먹었다. 든든해진 마음으로 이곳을 떠나기 전까지 우리가 할 수 있는 일에 대해 생각해보았다. 이곳에 오게 된 것도 계획대로 되지 않아 온 것이었으니 계획대로 되지 않는다고 마냥 우울해할 시간이 없었다. 우리는 이아 마을에서 석양을 보는 것으로 산토리니의 하루를 마감하기로 했다.

이아 마을은 컴퓨터 바탕화면 사진으로 보던 그대로였다. 그리스의 햇볕에 표백이라도 된 듯한 하얀 벽들과 지중해의 상징처럼 푸른 지붕들, 길을 잃고 싶은 사랑스런 골목들, 바다를 향해 펼쳐진 마을은 꿈을 꾸고 있는 듯했다. 그의 허리 통증이 심하지 않았다면 붕붕 날아다녔을지도 모르겠다. 그러나 그는 숨쉬는 것조차 고통스러워했다. 나는 해가 지기 전까지 이아 마을을 카메라에 담아야 했기에 먼저 움직였고 그는 잠시 그 자리에서 쉬었다가 나를 따라오겠다고 했다. 작은 마을이니 금세 다시 만날 수 있겠거니 생각하고 골목을 다니며 사진을 찍었다. 해는 점점 기울어 바다도 마을도 붉은빛으로 물들고 있었다. 뷰포인트에는 석양을 보기 위해 모여든 많은 관광객들이 있었다. 사진을 찍는 것도 중요하지만 그와 함께 석양을 보고 싶었다. 뒤따라온다던 그를 만나기 위해 헤어졌던 방향으로 가보았지만 그는 보이지 않았다. 길이 엇갈린 것이다. 그가 있을 만한 곳으로 움직여보았지만 찾을 수 없었다. '어디에 있을까?' '해가 완전히 지기 전에 만날 수 있을까?' 많은 생각이 머릿속을 오갔다. 고개를 반대쪽으로 돌리면 그를 발견할 수 있을 것 같았다. 그러나 그는 쉽게 찾아지지 않았다. 석양을 함께 볼 수 없더라도 산토리니의 첫날이자 마지막 날 밤을 서로를 찾다가 흘려보내고 싶지 않았다. 그가 숙소로 먼저 가서 나를 기다린다면 산토리니에서 커피 한 잔도 못 마시는 꼴이 되는 것이다. 나는 그와의 우연을 기대하며 계속 걸었다. '이곳에서 서로를 찾게 된다면 우리는 인연이 되는 거야'라고 혼자서 내기를 걸었다. 묘한 설렘이 일었다.

그는 갈림길에 앉아 있었다. 길이 엇갈린 것 같아 사람들 사이에서 줄곧 찾다가 기다림을 선택했다고 했다. 무심한 표정으로 앉아 있는 그를 보니 혼자 한 내기가 멋쩍어져 피식 웃음이 나왔다. 계획에 없던 숨바꼭질 끝에 우리는 산토리니에서 겨우 커피 한 잔을 마실 수 있었다. 그곳에 가기 위한 길 자체가 여행이었기에 커피 한 잔이면 충분했다.

여름의 맛.
수박 한 통을 쪼개어 나누는 맛.

소나기가 한바탕 시원하게 내리고 난 뒤
짙어지는 파랑.

여름을 실감한다.

당신 곁에서 읽은 책.
당신 없을 때 떠올리니 한 구절도 생각나지 않는 책.
나는 당신을 아는가.
나는 그 책을 읽었는가.

다시 돌아오지 않는 시간을 무심결에 흘려보내는 것이 안타깝다는 듯
하루해가 저문다.

노점상의 뜨거운 열기 앞에서
나란히 망고를 베어 물던
한여름 밤의 산책.

달빛 아래
심지어 야자나무 아래
당신과 나.
뭐가 더 필요해?!

"네 꿈은 뭐야?"
"그러는 너는 커서 뭐 해먹고 살래?"
우리들의 대화는 진지합니다.

사진을 찍는다는 것.
'내가 보는 것은 무엇인가?'에 대한
끊임없는 주절거림.

한 생이 한 생을 알기 위해서
우리에게 얼마만큼의 생이 필요할까?

"제법이지?"
남을 속일 수 있어도 나를 속일 수는 없다.

사내는 인생을 새롭게 시작하는 마음으로 살 거라 했습니다.
정말로 중요한 것은 자신 안에 있으니
안을 들여다보고 안을 채우고 안을 가꿔야 한다고 했습니다.

아무도 모르게 당신과 만나는 시간.
나의 기도는 침묵입니다.

나폴리의 야경을 보며
당신과 내가 나눈 속삭임들.

당신의 여름에서 벗어나기 위해 쌓여가는 하룻밤은
뜨겁기만 합니다.

내색할 수 없는 밤.
전화기는 되도록 멀리 둡니다.

너의 입술이 닿기 직전
의식을 놓아버린 그 느낌.

연애를 잘하려면
미묘한 친밀감과 어색한 변화를
좋아해야 한다.

'나는 당신의 전부이고 싶어요.'
형편없는 욕심.

적당히, 또는 충분히.

불현듯 너의 입술을 찾았던 스페인 광장.

너에게 하고 싶은 말이 많지만
너에게 말로 할 수 없는 것이 더 많다는 것을 느끼는 시간들.

헤이즐, 당신은 항상 나의 일부였어요. 그걸 몰랐어요?
난 숨을 쉴 때마다 당신의 이름을 호흡해요.
우리가 지금 뭘 하고 있는 거죠? 모르겠어요.

—영화 〈시네도키 뉴욕〉 중에서

사랑, 그것은 심장의 언어로 말하는 방법.

'가만히 당신의 곁이 되어줄게요.'

너를 의식하다가 한 페이지도 넘어가지 못하는 책 읽기.

아침마다 새롭게 눈썹을 그리는 습관은 그녀가 매일 하는 예술이다.

당신이 예술이라고 말하는 것을
나는 먹고사는 문제로 받아들인다.
이토록 진지할 수가 없다.

그와 동거를 시작한 지 1년이 채 안 되었다. 처음부터 동거를 할 생각은 없었다. 기억나지 않지만 지극히 자연스러운 이유로 그가 내 방에 온 것이 동거의 시작이었다. 작은 공간에서 누군가와 함께 산다는 것이 불편하긴 했지만 함께 있는 시간이 좋았다. 방은 자주 어질러졌다. 치우는 건 언제나 나였다. 이른 아침, 출근을 하기 위해 아직 잠들어 있는 그의 발등에 가벼운 입맞춤으로 인사를 대신하면 그는 기지개를 한 번 쭈욱 펴고 자세를 바꿀 뿐이었다. 그는 아침밥을 좋아하는 만큼 아침잠도 애정해서 내가 차려놓은 밥상 앞에서 졸기 일쑤였다. 나는 그런 그가 그저 귀여웠다.

그는 대부분의 시간을 창가에서 보냈다. 가끔 그의 눈동자가 먼 곳을 향할 때면 나는 아득해지곤 했다. 그가 조용히 뒷모습을 보이면 나는 그를 혼자 두곤 했다. 언젠가 그가 이 방을 나갈 수도 있다고 생각했다. 그러나 나는 여전히 그의 곁에 머물고 있다.

그는 고양이를 닮았다.
나와 동거하는 수컷 고양이.

그녀를 만난 지 1년 하고도 10개월이 지났다. 비냄새를 맡으면 그녀를 처음 만난 날을 떠올리게 된다. 건조해진 땅에 비가 막 내리기 시작할 무렵 피어오르는 먼지 냄새가 유난히 진한 날이었다. 그녀는 그 냄새를 숲냄새라고 했다. 나는 그녀의 다정한 말투가 좋았다. 그녀는 엄마처럼 아침 밥상을 차려주고 연인처럼 나를 만져주었다. 산책을 할 때면 나와 걸음을 맞춰 걷는 것을 좋아하고 내가 하는 행동에 곧잘 웃어주었다. 그녀는 내 눈동자를 들여다보는 시간을 자주 갖길 원했지만 나는 일부러 외면할 때가 많았다. 그러면 그녀는 나의 시선을 따라 같은 곳을 보곤 했다. 그녀가 화장을 하면 나는 곁에서 끄응거렸고 그녀가 책을 읽으면 나는 곁에서 잠이 들었다. 그녀는 내가 곁에 없으면 쉽게 잠들지 못했고 나는 잠든 그녀에게 말을 거는 것을 좋아했다. 지금도 잠든 그녀의 냄새를 맡으며 곁이어서 다행이라고 생각한다.

나는 그녀의 곁이다.

암스테르담에서 모히토를 마시며
"쿠바도 나랑 같이 가자"라고 말하는 너의 집요함.

222

'너에게 이륙중'이라는 문자에서 전해지는 포근함.

season 3.
Fall

september.1-november.30

Petit four

그가 긴 여행을 마치고 돌아오는 날이었다. 나는 소풍 가기 전날 밤에 잠 못 드는 아이처럼 잠을 설쳤다. 평소보다 공들여 화장을 하고 새로 산 옷을 입고 여성스러운 느낌으로 헤어스타일을 바꿨다. 비행기 시간에 맞춰 공항에 도착하기 위해 서둘러 공항버스를 탔다. 공항 가는 길은 마중이든 배웅이든 떠남이든 적당한 설렘이 있어서 좋다. 그와 함께 수차례 여행을 떠났지만 그를 마중 나가는 일은 처음이었다. 언젠가 그가 내겐 보낸 편지의 마지막 말이 떠올랐다. '마중 가는 일에는 지치지 않기로'. 그 말의 의미를 완전하게 이해하진 못했지만 그 말이 그저 좋았다. 그를 완전하게 알 수 없지만 그가 마냥 좋은 것처럼. '마중' 이라는 단어에 느낌표를 찍은 것은 그때부터였다.

차창 밖의 하늘은 맑았다. 하늘은 구름 한 점 없는, 말 그대로의 하늘색이었다. 하늘의 색은 시시각각 바뀌는데 어쩌자고 한 가지 색을 하늘색이라고 이름 붙여뒀을까? 그를 생각하면 떠오르는 변화무쌍한 감정의 소용돌이를 사랑이라 지칭하는 것도 비슷한 건가? 딴생각하는 동안 버스는 공항에 도착했다. 버스에서 내리자마자 가방 안에 넣어둔 카메라를 꺼내 하늘색만을 담았다. 비행기 한 대가 하얀 선을 그리며 지나갔다.

그는 중국 운남성에서 출발해 북경을 거쳐 인천에 도착한다. 그가 나오는 출구와 시간을 확인하고 또 확인해보았다. 너무 일찍 왔다. 커피 한 잔을 사들고 게이트가 잘 보이는 곳에 앉았다. 그를 기다리는 일은 익숙했다. 그의 마음을 얻기 위해 내가 한 일도 기다리는 일이었다. 너무 멀지도 너무 가깝지도 않은 거리에서. 그가 내게 부탁한 일이기도 했고 내가 할 수 있는 일도 그 뿐이었다. 끝을 알수 없는 기다림은 지치기 마련인데 그를 기다리는 일에는 좀처럼 지치지 않았다. 사랑이었다. 게이트를 통해 그가 나올 거라는 확신처럼 그가 내 남자가 될 거라는 밑도 끝도 없는 믿음 같은 것이 있었던 것 같다.

출구가 열리고 그가 나오면 어떤 표정으로 그를 맞을까 고민되었다. '활짝 웃어줄까?' '살짝 미소만 지을까?' '달려가서 안아줄까?' '손을 흔들까?' '영화에서처럼 달려가서 끌어안고 키스를 퍼붓는다면 그는 어떤 반응을 보일까?' 어떤 표정을 지을지 아직 결정하지 못했는데 안내판에 도착이라는 불이 들어왔다. 저릿한 느낌이 온몸에 퍼졌다. 아드레날린이 분비되는 기분이었다. 짐을 찾고 나오려면 좀더 기다려야 했지만 나는 게이트 앞에 서 있었다. 서로를 발견하는 순간을 놓치고 싶지 않았다. 게이트로 사람들이 하나둘 나오기 시작했다. 얼마 후 그가 걸어나왔다. 우리는 눈이 마주쳤고 나는 그를 향해 가볍게 웃어주었다. 평소처럼. 그도 평소처럼 다가와서는 한 손으로 가만히 어깨를 감싸주었다. 우리의 의식은 그것으로 끝이었다. 기대했던 순간이 왠지 싱겁게 끝나버린 것 같았지만 어쩌면 서로를 마중 나가는 일에 지치지 않기 위해서는 담담하게 넘기는 편이 나을 것 같았다. 나를 보는 그의 눈빛에서 다양한 색의 스펙트럼을 품은 하늘색을 떠올릴 수 있었기에 말이다.

나는 평생 동안 질투를 해왔다는 생각이 들어.

질투심이 상상력보다 먼저야.

질투심은 시선보다 더 강렬한 환영이지.

—파스칼 키냐르, 『로마의 테라스』(문학과지성사, 2002) 중에서

눈을 감으면
나는 바람이 된다.

내 마음이 충분하기를.
당신도 지치지 말기를.

남자가 여자에게 물었다.
여자가 남자에게 답했다.
통화는 싱겁게 끝난다.

보고 싶다는 말을 수천 번 넘게 했나봅니다.
역시나 혼잣말입니다.

좀더 눈여겨보기 위해 나는 떠난다.

차라리 모르는 게 편해.

어느 길을 선택해도 즐거운 산책 코스가 되는 치앙마이.
시원한 아이스 커피로 땀을 식히는 건 여행의 소소한 맛.

어쨌든 같은 마음으로 서로가 입을 맞췄을 것이란 생각.
그러니까 분위기를 제대로 탄 거지.

무료함을 달래는 가장 유익한 방법은
일단 카메라를 들고 숙소를 나서는 것.

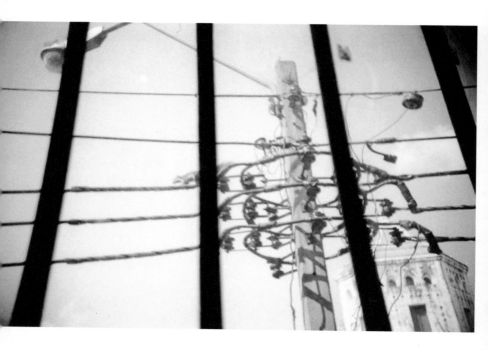

초점이 흐려질 때에야 비로소 분명해지는 사실들이 있다.

서터 소리에 고개를 돌리는 할머니.

사지도 않을 호박을 만지작거리는 몹쓸 여행객.

로맨틱한 다리를 혼자 건너며
아쉬운 대로 콧노래를 흥얼거려본다.
이토록 서글플 수가 없다.

내 이름은 빨강.

여행의 에필로그는 혼자 마시는 커피 한 잔.

"한 가지 표정을 가진 사람은 쉽게 우울증에 빠질 수 있어."
언젠가 그녀가 했던 말을 떠올리며
휴일에 지을 수 있는 산뜻한 표정을 연습해본다.

연기는 1/125초의 빠르기로 사라진다.

그녀의 뒷모습에서 느끼는 표정은 직유가 아닌 은유였다.
작정하고 드러내지 않았지만 감출 수 없는 저 등골처럼.

당신은 나에게 그런 사람이에요.
변함없이 음악이 되어주는 그런.

Don't disturb.

"우리

사귈까?"

까치발을 하는 내 모습을 사랑하는 사람이 있다.
연애. 사소함을 들키는 일.

너를 마중 가는 길.
평소보다 공들인 화장이 신경쓰여 자꾸 거울을 본다.

지루해진 우리에게 필요한 건
따뜻한 햇볕과 적당히 달달한 커피와
리듬을 탈 수 있는 음악.

불면증이 찾아오는 밤의 외출.

타인의 흥에 문득 춤추고 싶은 마음이 간절해지는 날.

지난 뒤에 그리워한다거나
손에 잡을 수 없는 것이 간절해지는 병이 좀처럼 사라지지 않는다면,
사랑 때문이 아니다.
계절 탓이다.

식욕이 왕성해진다.
다이어트를 위해서는 욕구불만을 해결해야 한다.
그저 계절 탓이라고 해두자.

모차르트가 자주 가던 카페에서 커피를 한 잔 마셨고
구시가에 있는 극장에서 영화를 한 편 보았다.
밤 11시, 비가 왔고 우리는 택시를 타고 숙소로 돌아왔다.

서로의 곁에 누워 수다를 떨다 잠드는 것이 매일 밤의 특별한 일이었다.

어제도 오늘도 그리고 내일도.

"있잖아, 너무 좋을 때는 뭐라고 말할까?"
"아몬드라고 해."
"아몬드? 무슨 의미야?"
"의미는 없어. 말하고 나면 왠지 기분이 좋아지는 말이잖아. 아몬드."
"아몬드, 아몬드…… 알았어. 너무너무 좋으면 아몬드봉봉이라고 할게!"

그와 나 사이의 언어. 우리 둘만의 언어가 만들어진다는 것은 연인이 되었다는 확실한 증거였다. 손을 잡고 입을 맞추는 행위보다 특별한 구석이 있었고 심지어 우리가 동거한다는 사실보다 더욱 비밀스럽게 여겨졌다. 아몬드봉봉이라는 말을 자주 꺼내지 않았지만 아몬드봉봉한 순간은 틈만 나면 찾아왔다. 그 무렵 나는 그를 향하여 뜨겁게 고조되어 있는 상태, 한마디로 사랑에 빠진 여자였으니 뭘 해도 아몬드봉봉할 수밖에 없었다. 특별히 달라진 것도 없는데 점점 예뻐진다는 소리를 자주 들었던 것도 그 무렵이었던 것 같다.

아몬드봉봉한 순간의 예감은 이런 것이다. 햇살이 방안 가득 들어온 아침, 우리는 좁은 싱글침대에서 바짝 붙어 자고 있었다. 거의 동시에 잠에서 깬 그와 나는 눈이 마주쳤다. 그는 물끄러미 날 바라보더니 한마디 말을 내뱉었다. "아몬드봉봉." 순간 나는 정신이 혼미해졌다. 그러곤 이내 햇살을 받아 반짝이는 어린 잎사귀처럼 입가에 미소를 머금었다. 그는 자신이 무슨 말을 했는지 기억할 수 없는 속도로 다시 잠의 세계로 빠져들었고 나는 잠든 그의 얼굴을 구석구석 들여다보았다. 그날 아침은 전혀 예상치 못한 말 한마디로 반짝반짝 빛이 났다.

어느 날 밤이었다. 그는 새벽까지 글을 써야 한다고 책상 앞에 앉아 있었고 나는 구부정한 그의 뒷모습을 보다가 잠이 들었다. 다음날 아침 출근길에 가방을 열어보니 그가 쓴 내 첫 책의 추천사가 흰 봉투에 곱게 담겨 있었다. 그만이 쓸 수 있는 언어로 '일곱 개의 밤의 메모'를 봉투에 담아준 것이었다. 나는 그 글을 다 읽고 그에게 문자를 보냈다. '아몬드봉봉'. 다른 말은 필요 없었다.

우리가 나눈 아몬드봉봉은 점점 짙어져갔다.

시기적절하게 불어오는 바람 같은 것.

계절의 몸을 빌려
너에게 물들고 싶은 오후.

계산하지 말 것.
노력할 것.
끝까지 믿어줄 것.

서로의 곁이 되기 위한 지침을
이야기하는 너의 입술은 야무지다.

살 만큼 살았잖아.
이젠 죽어도 되잖아.
살 만큼 살았잖아.
이젠 하고 싶은 거 하다가 죽어도 되잖아.

Room 507

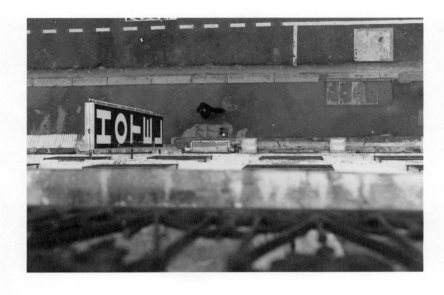

당신이 넘기는 책장인데
지극히 사적으로 이동하던 내 감정.

나에게 필요할 것 같다는 이유로
매번 헌책방을 다니며
책을 골라주는 남자.

단 한 번의 삶.

"아직 늦진 않았지?"

머릿속이 복잡할 땐 단순하게 움직이자.

오늘처럼 멋부리고 나온 날엔
우연히라도 당신을 만나고 싶다니까.

"진심은 아니지만, 결혼 축하해요"라고 말했다.
진심이 아니란 말만큼은 진심이었다.
그리고 진심으로 이제 안녕.

그러니까 충고하지 말고 그냥 들어줘!

방향을 선택하는 문제 앞에서 나는 늘 소심해진다.

내가 사랑이라고 믿는 것
내가 진실이라고 받아들이는 것
내가 마음이라고 느끼는 것
내가 전부라고 생각하는 것
어쩌면 그 모든 것들이 순식간에
'아무것도 아닌 것'이 될 수 있다는 두려움이 들었다.

당신의 마음이 궁금해.

상상을 하지.

'그래서 내 마음을 읽을 수 있다고 생각해?'

"햇살이 참 좋네"라고 건네는 다정한 너의 인사.
질리지 않는 카레의 맛처럼.

아름다움은 인식에서부터 비롯되는 것일까?

존재 자체의 아름다움을
본질의 아름다움을
있는 그대로의 아름다움을
간과하며 살지는 않았는지.

너는 충분히 아름답다.

혼인합니다. 바람 같은 인연으로 만났습니다.

곡절의 끝에서 우리는 희박하게 웃습니다.

저만치 앞서가는 사람들 뒤에서 한발 더디게 걸음을 늦춰가며 살겠습니다.

—10월에 도착한 한 시인의 청첩 편지

'행복'이라는 식상한 단어를 마음 가득 느끼도록 해준 작은 사건들.

누군가 그랬다.
침대는 구원이다, 라고.

잠시 한눈 좀 팔겠습니다.

구두를 고르는 여자.
그녀는 그녀에 대해서 알 만큼은 안다고 생각했다.

비 오는 날 커피, 10월의 밤공기, 일몰, 발을 맞춰 걷는 것, 새벽의 고요함, 숲냄새, 타이항공 기내식, 한밤중에 끓여먹는 라면, 햇볕에 잘 말린 빨래, 엄마가 차려준 아침밥, 떠나는 날의 흥분, 그리고 나를 담고 있는 너의 눈동자.

그가 말했다.

세상에서 가장 아름다운 기도는 '시詩'라고.

모른 척

모른 척

모른 척

그렇게 모른 척하면서 살든지.

'사랑은 가장 연약하다고 느껴질 때 묵묵히 곁을 지켜주는 것'.

'사랑은' 이라고 시작하는 촌스런 문장에 마음이 녹아내린다.

결론이 나지 않는 침묵을 위해
생각하고 또 생각하기.
어쨌거나 오늘은 끝까지 가보기.

나의 취향은 유니크한 당신입니다.

마구 늘어지는 날.
내 꿈을 뒤척거리지 마세요.

나는 식물 같아. 너의 관심이 없으면 금세 시들어버리는.

당신 없이 잠 못 자는 발가락들.

Picante

신경치료의 고통을 아는가? 찌릿찌릿. 신경을 죽이기 위해 뾰족한 무언가가 치아 깊숙하게 들어가면 그 느낌은 땀이 날 만큼 괴롭다. 위잉─하고 기계 돌아가는 소리와 함께 어쩔 수 없이 겪어야만 하는 치과의 공포가 시작되면 온몸에 힘이 잔뜩 들어간다. 잘생긴데다가 아르마니 향수 냄새를 풍기는 의사가 치료를 해준다고 해도 공포스럽긴 마찬가지이다.

치료가 시작되었다. "조금 아플 수 있습니다"라는 의사의 나긋한 목소리가 고통의 시작을 알린다. 예고 없이 불쑥 찾아오는 통증을 견디기 위해 나도 모르게 몸이 경직될 때, 따뜻한 무언가가 내 손을 지긋하게 눌러주었다. 그녀의 손이었다. 그녀가 내 손을 꼭 잡아준 것이다. 긴장하고 있던 온몸의 근육들이 다독임을 받는 기분이었다. 다독다독. "괜찮아. 조금만 하면 끝나." 그렇게 말하는 것 같았다. 고마웠다. 사소한 행동 하나가 사람에게 얼마나 큰 위로를 줄 수 있는지 느낄 수 있었다. 나도 그렇게 누군가의 손을 잡아줄 수 있는 사소함을 갖고 싶었다. 그리고 나의 손이 필요한 사람을 만나거들랑 외면하지 말아야겠다고 생각했다.

제법 쌀쌀해진 날이었다. 그는 밤늦은 시간에 생각이 많은 표정으로 내게 왔다. 자신의 기분에 대해 떠들지 않았다. 단지 피곤하다는 말로 자신의 상태를 알렸다. 그는 힘든 시기를 지내고 있었다. 인간관계에 대한 회의가 그의 삶을 흔들고 있을 무렵이었다. 그는 내가 내온 따뜻한 꿀차를 한 모금 마시고는 잠시 눈 좀 붙이겠다며 이불 속으로 들어갔다. 붉은색 기운이 감도는 이불이었다. 이불 속에 폭 잠긴 그는 몸을 벽 쪽으로 돌렸다. 내가 만질 수 없는 슬픔 같은 것이 차오른 뒷모습이었다. 울 공간을 찾지 못한 한 마리 짐승이 구석에 웅크리고 있는 듯한.

어느새 잠이 들었는지 숨소리가 규칙적으로 들려왔다.

나는 하던 일을 정리하고 그의 곁에 누웠다. 그의 숨소리에 맞춰 잠을 청해보았지만 딴생각으로 잠이 오질 않았다. 딴생각의 대부분은 그에 대한 생각이었다. 짐작할 수도 없는 그가 하는 생각에 대한 생각이었다. 나는 그의 손을 가만히 잡았다. 내가 가진 사소함이었다. 누구에게도 들키고 싶지 않은 순간이 있고 어떤 말로도 위로가 되지 않는 감정이 있기에 그저 손을 잡는 행위가 위로의 전부였다. 깊이 잠든 줄 알았던 그가 내 손을 꾹 잡아주었다. 마치 대답이라도 하듯이. 이불 안은 우리의 체온으로 따뜻했다.

그날 이후 우리는 이불 속에서만 손을 잡는 버릇이 생겼다.

계절이 바뀌고 있다.
온기가 필요한 나날이고
마음의 여유가 필요한 나날이며
한없이 이해하고 이해받고 싶은 나날이다.

날씨 탓이지만
찬 기운에 마음이 굳어지기도 하고
마음을 다스리는 일에 한없이 서툴어지기도 하며
조금만 어긋나도 서운한 마음이 불쑥 올라오는 환절기다.
이 가지를 떠나지 못하는 새처럼.

"서른이 넘으면서 세상만사 내 맘대로 되지 않는 걸 알게 됐어.
포기하는 건 아니야. 어떻게 받아들이느냐의 문제인 거지."

대관람차가 한 바퀴 도는 동안 당신과의 키스.
나의 소박한 놀이동산의 로망.

남들과 다르고 싶어서
줄을 그어본다.

한 줄 차이.

시詩가 되기도 하고 시시해지기도 하는.

너를 위한 LAUNDRY SERVICE
평생 해줄게, 장가 오렴,
이라고 말할 뻔했다.

서로의 눈에 길들여지겠습니다, 라고 약속하는 11월 6일.

그럼에도 불구하고
같은 시간을 살고 싶은 마음에 시계를 선물할까 생각했었다.

서글퍼서 눈물이 나오는 건지
눈물이 나와서 서글픈 건지
답답해서 눈물이 나오는 건지
눈물이 나와서 답답한 건지.

안나푸르나를 바라보던 그녀의 꿈에선 박하향이 난다.

내 웃음은 내 우울을 반영하고 있지 않다. 전혀.

아직도 여전히 그래서.

'시간이 약이다'가 통하지 않을 때의 처방전이라면,

자전거를 타세요.
바람이 방향을 바꿀 땐 페달을 더 힘차게 돌려주는 겁니다.

긴 햇살이 드리우고 적당히 배도 부르고 딱히 할 일도 없는 지금이
산책하기에 알맞은 시간이다.

계획은 디테일하게, 삶은 심플하게.

삶이 삼류로 흐르지 않게 눈에 힘 팍 주고 살아야겠다.

'지나친 상상은 허무함을 가져온다'라고
이름이 기억나지 않는 여성잡지의 별자리 운세가 귀띔해주었다.

사진에서는 무언가가 작은 구멍 앞에 포즈를 취했고
그 속에 영원히 머물러 있었다. 이것이 바로 나의 감정이다.
― 롤랑 바르트, 『밝은 방』(동문선, 2006) 중에서

목요일 오후, 한가하게 붓으로 선을 긋다 말고
나뭇잎 사스락거리는 소리에 시선을 돌려본다.

창문 너머의 세상이 궁금해 사진을 찍는다.
안이든 바깥이든.

베네치아의 어느 골목이다. 오래된 벽으로 둘러싸인 공간은 모든 것이 멈춰버린 듯 적막하다. 시선이 통과하는 창문은 굳게 닫혀 있고 물위에 떠 있는 배 한 척은 죽은 자의 수의를 떠올리게 한다. 누군가 수의를 입고 잠든 모습을 보며 '섬'이라는 단어를 생각한 적이 있었는데 흰 천으로 싸인 배를 보며 같은 단어를 떠올렸다. 그리고 침묵.

수로에 비친 물그림자가 조문객이 되어 겨우 수군거린다.

남는 건 기억뿐 잘 골라야 한다, 라는
남자 배우의 대사가 머릿속에 남는 일요일 오후.

숲은 바람의 이야기를 간직하고 있는 것 같아서
귀를 기울이게 된다.

나 잘살고 있는 걸까?

지는 해로 말미암아 그대가 울음 운다면
눈물이 눈을 가려 별들을 보지 못하리.

이유가 있으면 궁색해지잖아.
아무 이유 없어.
네가 보고 싶은 것에 이유가 없는 것처럼.

굳이 이유를 달자면
낯설어지기 위해서랄까.
날씨가 좋아서랄까.
벗어나고 싶어서랄까.

거기에—존재—했음.

그대 속을 휘젓는 나의 여행은
달이 차고 기우는 것처럼 변함없이 출렁.

"손 좀 쫙 펴봐. 이제 네 손바닥을 깨물어봐.
사람이 살면서 모든 걸 가질 수는 없는 법이야.
갖고 싶은 게 아무리 가까이 있다 해도 말이야."

그가 내 곁에 처음 눕던 날을 기억한다. 그의 숨소리에 집중하던 밤이었다. 나는 그의 들숨과 날숨 사이에서 조심스럽게 호흡하며 일정한 리듬을 익혔다. 보통 빠르기였다. 몸을 뒤척이다 서로의 발가락이 닿았다. 그의 새끼발가락이 가진 감촉이 좋았다. 그걸 놓칠 것만 같아 발가락에 적당한 긴장을 주어 닿아 있는 상태를 유지했다. 차가운 그의 발에 나의 온기를 전해주는 소심한 밤이었다.

속내를 들켜버린 기분.
나 아니라고 우기고픈 속내랄까.

'어떻게 해야 하나?'
머릿속을 가득 채우고 있는 질문이었다.
'당신의 마음이 내 마음과 같지 않은데 내가 뭘 어쩔 수 있겠는가?'
마음을 자르는 대답뿐이었다.

season 4.
winter

december.1–february.28

Fir

K와 함께 상하이를 여행하고 내가 먼저 한국으로 돌아왔다. 한국에 들어와 메일을 열어보니 그에게 편지가 와 있었다.

*

너를 배웅하고 바로 숙소로 돌아와 보낸다. 어젯밤엔 잠든 너의 얼굴을 여러 번 바라보았고 잠든 너의 입술을 여러 번 만져보았다. 나는 과오에 익숙하고 이별에 능숙치 못한 기질을 가져서 늘 이렇게 누군가 떠나면 허랑한 마음이 든다. 네 말대로 겨우 10일에 불과한 것인데도 말이지…… 나는 아무래도 나보단 네가 더 걱정되는 마음이 항상 큰 것 같다. 여행을 다닐 때마다 둠벙둠벙 다니면서도 나는 늘 너보다 두 배는 긴장하고 있다는 느낌.

네가 타고 간 택시는 T3096의 번호를 가진 녹색의 오래된 폭스바겐이고 기사는 주머니가 가슴에 두 개, 아래에 두 개 달린 검정색 밀티터리룩 재킷을 입고 있었고 머리가 짧고 키가 180센티미터가량 되어 보이며 선량하고 호기심 있는 눈을 가진 사람이었다. 무엇보다 선량한 눈에 나는 안심하고 네가 시야에서 사라질 때까지 신호등을 건너지 않고 있었다.

저녁 무렵이면 너는 이 메일을 열어보겠지.
그때 즈음이면 나는 어떤 음악을 들으며 이 방에서 내려다보이는 연못의 물고기
를 바라보고 있을까. 무사히 도착하길 바라며 내 걱정은 하지 않아도 된다는 말
을 보낸다. 네가 여기 내 가슴 왼쪽에 있을 것을 나는 알고 있기 때문이다.

*

언젠가 당신이 내게 한 말로 답장을 보낸다.

"늘 공감이 아니라 사랑이어야 한다."

이틀째 컴퓨터와 형광등을 켠 채 잠들었다.
꿈과 깸 사이에서 이름 하나를 궁금해하며.

침대 속으로 다시 기어들어가고 싶은 목요일 아침.

깊숙이 파고드는 겨울 햇살에 화상을 입을까봐 두려워 구석으로 숨어들다가도 별냄새를 킁킁거리는 나는 좀더 밝은 방을 마련해야 함을 안다. 그 방안에서 느끼는 크고 작은 환희가 길을 찾는 나침반이 되어주리라 믿어본다. 지금까지 나를 위해 존재한다고 확신했던 사진들을 이제는 내 탐구의 출발점으로 삼기로 결정하며.

첫눈 오는 날 느끼는 아쉬움 같은
부지런한 너의 고백.

제법 겨울 냄새가 맡아지기 시작한다.

나 = 깡통

이런 식이면 곤란해요.

찍을 것인가? 말 것인가?
결정과 동시에 움직여야 한다.
찰칵!

'입욕 후에 마시는 삿포로 우유맛을 알아버렸어'라고
일본에서 날아온 너의 문자로
나는 지금 홋카이도 여행중.

거울에 비친 내 모습이
다 닳아버린 비누처럼 초라하게 느껴지는 날
욕실 가득 피어오르는 수증기가 위안이 될 줄이야.

동행자의 필름에서 내가 발견되었다.
명확하거나 혹은 흐릿하거나.
신기한 건 사진을 들여다볼수록
그 시점이 선명해진다는 것.
그 순간 공기의 흐름까지도.

나의 첫번째 카메라 '로모'의 법칙을 따라보기로 한다.

1. Take your LOMO everywhere you go.
언제 어디서나 로모와 함께.

2. Use it at any time - day & night.

밤낮 가리지 않고 로모로 찍는다.

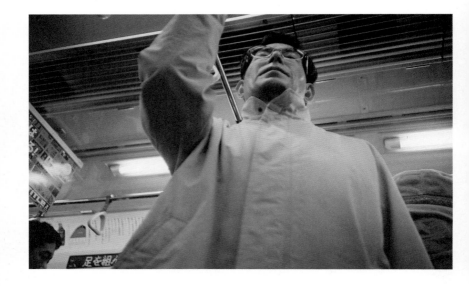

3. Lomography is not an interference in your life,

   but a part of it.

   로모그래피는 당신 삶에 끼어드는 것이 아니라 그 일부분이다.

4. Approach the objects of your lomographic desire
as close as possible.

당신이 로모에 담고 싶은 것을 가능한 한 가까이에서 찍는다.

5. Don't think.

생각하지 말 것.

6. Be fast.

보는 순간 셔터를 누를 것.

7. You don't have to know beforehand what is captured on your film.

서터를 누르기 전에 필름에 무엇이 담겨질지 알려고 하지 마라.

8. you don't have to know it afterwards either.

　　　　　　셔터를 누른 후에도 역시 궁금해할 필요는 없다.

9. Shoot from the hip!

눈높이를 히프쯤에 맞춰라, 다른 세상이 열린다.

10. Don't care about rules!

규칙에 너무 연연하지 말 것!

그때 나는 알았다. 지킬 게 없는 사람이 세상에서 가장 무섭다는 사실을.
그때 나는 알았다. 자존심을 버릴 줄 아는 사람이 사랑도 할 수 있다는 것을.

길은 만들어가는 것.
Open R O A D

오랜만에 찾아온 두통.

너무나 낯설어 어찌할 바를 몰랐다.

낯선 사람과 눈이 마주쳤을 때 시선 처리가 곤란한 것처럼.

‘매혹적인’ 이라는 형용사가 필요한 저녁.
슬며시 너의 손을 잡아도 될 만큼 말랑말랑한 거리.

Merry Christmas!

인생이 가진 시간을 걸고!

당신이 벽처럼 굳어도 점점 중독되어가는 듯하다.
당신에게 더 깊이 기대는 나를 보자니.

세상일이 모두 내 맘 같진 않지?

그럴 땐 그냥?

.

.

.

.

.

.

마음을 비워.

한 사람을 아는 데 얼마만큼의 시간이 필요할까?
한 사람을 잊는 데 얼마만큼의 시간이 필요할까?

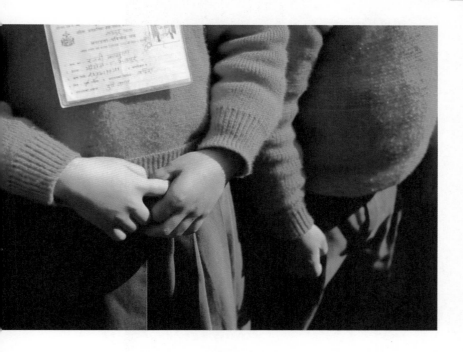

망설이지 말고
손 내밀어봐.
간절하게 원하면
이루어진다잖아.

아듀!

Violet ice

누군가를 만나면 그 사람과의 사계절을 겪어보라고 이야기한다. 봄에 아지랑이가 피어오르는 것 같은 설렘, 한여름 태양의 뜨거움 같은 열정, 깊어가는 가을을 닮은 감정의 무르익음, 그리고 칼바람이 매섭게 불어오는 겨울의 혹독함을 말이다. K와 나 사이의 계절은 우리 곁을 무심히 지나고 있었고 나는 계절에 몸을 맡기고 시절을 즐기고 있었다. 예고도 없이 추운 겨울이 닥친 것은 나의 소유욕, 다른 말로 하면 그에 대한 집착이 생기면서부터였다.

어느 날 그의 핸드폰이 내 눈에 들어왔다. 그가 좀처럼 핸드폰을 손에서 놓지 않아서였는지 혹은 핸드폰에 비밀번호가 걸린 탓인지 어떤 이유에서든 전과는 다른 뉘앙스를 풍겼다. 흔히 말하는 '여자의 직감' 같은 것이 발동했다. 대부분의 연인들이 그러하듯 만남에는 권태기가 찾아오기 마련이고 때때로 뜻밖의 유혹이 따르기도 하기에 이런 직감은 그냥 넘길 수 없었다. 불순한 생각에 사로잡히면 괴로운 건 나였다. 생각은 꼬리를 물고 이상한 방향으로 흘러가기 일쑤였고 사랑 가득한 눈으로 바라보던 나의 시선은 의심의 눈초리가 되었다. 그러다보니 그가 내게 하는 말과 행동들이 앞뒤가 맞지 않으면 내 기분은 엉망이 되곤 하였다.

그가 술에 취해 내 방에 온 날이었다. 그는 곧 곯아떨어졌고 그의 핸드폰은 무방비 상태로 책상 위에 놓여 있었다. '충전기를 연결해줘야지' 라는 다정한 생각으로 그의 핸드폰을 집어들었으나 나는 어느새 '잠금 해제'를 하고 있었다. 나의 불안을 눈으로 확인하고 싶었다. 비밀번호는 어깨 너머로 보아 이미 알고 있었다. 심장박동이 빨라졌다. 문자 수신함을 열어보는데 나도 모르게 손이 떨렸다. 나는 그에게 온 문자들을 빠른 속도로 읽어내렸다. 싸늘해졌다. 그의 사생활을 잠금 해제 한 것을 후회했다. 그날 이후 나는 그의 눈을 제대로 쳐다볼 수가 없었다. 오해의 소지가 있는 문자에 대한 해명을 듣고 싶었지만 몰래 핸드폰을 훔쳐본 것이기에 말할 수도 없었다. 며칠을 혼자서 끙끙 앓았다. 안에서 불어오는 찬바람을 견딜 수가 없어서 그에게 긴 편지를 썼다.

그에게 답장이 왔다. 내가 본 문자에 대한 설명과 설명을 하는 사실이 화가 나는 자신의 상태에 대해 적혀 있었다. 몇 번의 편지를 주고받으면서 서로에 대한 마음은 여전하다는 것을 확인하게 되었고 '이런 모습이 나인데 그럼에도 불구하고 받아들일 수 있니?'라는 질문을 서로에게 던졌으며 최고는 아니지만 최선을 다하자는 약속을 하며 화가 난 마음을 풀었다. 비 온 뒤 땅이 굳어지는 것처럼 우리 사이는 조금 더 단단해졌다.

연인의 사랑스런 구석을 사랑하는 일은 얼마든지 할 수 있는 일이다. 사랑할 수 없는 부분까지도 사랑하는 게 가능할지는 모르겠지만 그럴 수만 있다면, 그 사람과의 사계절을 어쩌면 평생 함께할 수도 있겠다는 생각이 들었다.

그곳을 찾아갔을 때의 나는,
뭔가 대단한 결심을 하거나 인생의 큰 변화를 기대하는 마음은 아니었다.
그곳에서의 조용한 시간이 오랜 잔상으로 남아
마음이 시끄러울 때에 이따금씩 나를 토닥여줄 뿐이었다.
그거면 충분했다.

내가 당신한테 바라는 것도 어쩌면……

"이 나무들의 이름은 뭐예요?"
"이름 없는 숲이에요."

그리움만큼이나
사막은 끝없이 깊어졌다.

당신이 지나간 계절을 간신히 버티고 있는 나.

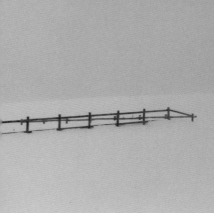

알혼 섬 데니스의 집에 장작불을 피웁니다.
딱 그만큼 따뜻합니다.

라흐마니노프 피아노 협주곡 2번 2악장 무한 반복중.
텅 빈 가슴에 숨이 떠오른다.

너의 눈을 보고 있으면
첫 문장을 쓰기 위해 백지를 들여다보는 일처럼
먹먹한 기분이 된다.

당신을 오래오래 보기 위해서
시린 눈을 달래야했다.

어젯밤엔 잠든 너의 얼굴을 여러 번 바라보았고
오늘밤엔 잠든 너의 입술을 여러 번 만져본다.
매일 밤 나는 너에게 깊어진다.

마음 깊은 곳에 머무는 달
추워서 견딜 수 없는 달
눈이 천막 안으로 휘몰아치는 달
나뭇가지가 눈송이에 뚝뚝 부러지는 달
얼음 얼어 반짝이는 달
바람 부는 달
너 없이는 아무것도 아닌 달
1월.

"다음 생에 사람으로 다시 태어나기란
쌀알이 바늘 끝에 얹히는 것만큼이나 어렵단다, 애야.
그래서 우리들 삶이 그토록 소중한 거란다."

바람이 심한 날
정신 못 차리고 허둥대는 내 모습을 본다. 딸꾹.

평생 곁에 두고 싶다고 했던 말이 진심이라면
우리는 사는 동안 두근거리는 심장을 맞대고 함께 호흡할 수 있을까?

시詩도
사진도
본다, 로부터 시작한다.
지금 나는 다르게 보는 연습중이다.

익숙했던 거리가 낯설게 느껴질 때
열다섯 살에 처음 본 바다에 가고 싶어진다.

그녀 : "다른 말 말고 그냥 한마디만 해주라."

그 : "나 너 없으면 못살아."

그러니까……

아니야……

오후 4시와 5시 사이.
너를 기다리며 '다른 그림 찾기'를 하고 있다.

문득 너의 농담이 떠올라 얼굴이 붉어진다.
집으로 돌아오는 버스 안에서.

일인용 침대에서 함께 잠든다.
당신과 내가 더 가까워질 수 있었던 스물네번째 이유.

먼저 자고 있어. 곁이니까.

꽃게처럼 안아줘요. 추워요.

보는 것과 하는 것은 다르지.
암 그렇고말고!
생각하는 것과 쓰는 것은 같다는데
난 그게 어렵네.

빗물인지 눈물인지
보이는 게 전부가 아니라는 걸 종종 잊곤 한다.

"사랑은 땅콩버터 같은 거야.
처음엔 달콤하지만 자꾸 먹으면 텁텁해져서 질리지."

"사랑은 에스프레소 같은 거예요.
처음엔 쓰지만 자꾸 먹으면 진정한 커피의 맛을 알게 되는."

너의 체온이 느껴지는 빨래들.
햇볕에 잘 널어두는 지금,
나는 너의 아내가 된다.

찢어진 도화지 반쪽은 어디에?
'데칼코마니'를 한다.

혼자 눈을 뜬 아침에는 발이 유난히 춥다. 덕분에 이불 속에서 빠져나오기까지 시간이 걸린다. 발가락을 꼼지락거리며 온몸의 기운을 돌려보지만 하루가 시작되었다는 것을 겨우 눈치챌 정도이다. 아랫배 쪽에서 화장실에 가야 한다고 신호를 보내온다. 귀찮다. 조금 더 버텨보기로 하고 갓 구운 토스트 냄새를 상상한다. 식빵의 속살처럼 포근했던 그의 손이 내 발을 만져주던 날이 떠올랐다. 그날은 처음으로 발이 시리지 않게 일어난 아침이었다.

나는 기억을 더듬는 일을 멈추고 창문을 열었다. 찬 공기가 안으로 밀려왔다.

인생은 선택과 집중의 연속이다, 라고 당신은 입버릇처럼 말한다.

내 선택의 시점에는 늘 당신이 있었고

집중의 시간에는 당신이 늘 곁이 되어주었다.

너 없이는 아무것도 아닌 상태.

혼자만의 시간이 간절해지는 1월의 마지막 날.
마음이 조급해진다. 이제 겨우 1월인데.

Lightest Sky

아무 말도 하지 않고 하루를 보냈다. 말이 필요 없는 하루였다. 창밖에는 끊임없이 눈이 내리고 있었다. 이곳 홋카이도에서 나는 혼자이고 심지어 여행중이었다. '나는 지금 여행중'이라는 말이 주는 평온함을 만끽하며 멀뚱히 창밖을 바라보기도 하고 노트에 내 심정들을 끄적이기도 한다. 사진만을 생각하며 떠나온 여행은 이번이 처음이었다. 줄곧 카메라를 들고 여행을 다녔지만 '사진을 찍는다는 것'이 나에게 어떤 의미인지, 나는 어떤 사진을 찍고 싶은지 생각해본 적은 없었다. 나 스스로에게 질문을 던져보는 여행. 겨울 홋카이도에서는 가능할 것 같았다. 온통 하얀 눈으로 둘러싸인 이곳 풍경은 말보다는 침묵이 더 잘 어울리기에.

한 권의 책을 가지고 갔다. 제목은 『필립 퍼키스의 사진강의 노트』. 대학에서 40년간 사진을 가르쳐온 그는 수식이 없고 간결한 언어로 사진에 대해 이야기한다. 책을 읽다보면 실제로 사진강의를 듣고 있는 것 같았다. 읽는 이로 하여금 생각을 하게 만드는 책이었고 옮긴이의 말처럼 그의 글에는 마음을 파고드는 힘이 있었다. 책에는 여덟 개의 '연습하기'가 나와 있는데 책에 나온 대로 연습을 해보는 것이 이번 여행의 과제였다. 과제를 잘 마치고 내 언어로 사진에 대해서 한 마디를 보탤 수 있기를 바랐다.

연습은 이런 것들이었다. 전시장에 가서 눈길을 끄는 사진을 5분 동안 눈을 떼지 않고 바라보기, 두 개의 압핀을 벽에 꽂아두고 초점을 익히기, 한 '영역'을 한꺼번에 전부 볼 수 있도록 눈의 근육을 풀고 뒤로 물러나 앉기. 의도하지 않고 찍기, 한 가지 주제로 필름 한 통을 찍기, 빛을 지켜보기, 빛을 찍어보기, 셀프 포트레이트 찍어보기, 였다. 나는 도시를 옮길 때마다 이 과제들을 실행에 옮겼다. 매일 아침 일어나자마자 한 장의 셀프 포트레이트를 남겼고, 어둑해질 무렵 숙소로 들어와 여전히 볕이 드는 방안에서 빛이 들어오는 쪽을 향해 편안하게 앉아 그저 빛을 지켜보았다. 그리고 완전히 해가 질 때까지 그곳에 머물러 있었다. 서서히 사라지는 빛의 죽음을 목격하는 행위는 설명할 수 없는 기분에 휩싸이게 했다. 근사한 풍경이 나타나면 눈의 근육을 풀고 뒷걸음질을 했고, 때로는 뷰파인더를 보지도 않고 찍기도 하고, 마이클 케냐의 사진 전시장에 가서 5분 동안 눈을 떼지 않고 사진을 바라보기도 했다. 5분은 생각보다 긴 시간이었다.

이번 여행으로 나의 눈은 빛에 민감하게 반응하게 되었다. "사진은 빛으로 달여서 만든 시간의 즙이다"라고 했던 K의 말처럼 나는 여행이라는 시간을 통해 빛을 정성들여 달이는 법을 조금씩 배울 수 있었다. 그 때문인지 풍경 앞에서 웅크릴 때마다 나는 그가 떠올랐다. 그를 그리워할 수 있는 시간, 여행이 주는 또다른 특별함이었다. 사진만을 생각하며 떠나온 여행에서 '빛'이라는 단어를 겪었던 것처럼 삶이라는 여행에서 '서로'에게 길들여질 수 있을까? 단 한 번의 여행으로 해답을 찾을 수 없기에 단 한 번의 삶을 통틀어 끊임없이 질문을 던져보기로 한다.

색 이름을 처음 발음하는 느낌으로 함께 춤추지 않을래?
오늘은 내 생일이야.

매일 아침 그녀는 그의 엉덩이를 깨물고
그는 그녀의 발등에 키스를 한다.
그와 그녀의 남다른 애정표현이다.

겨울잠을 자기에 적당한 날씨.

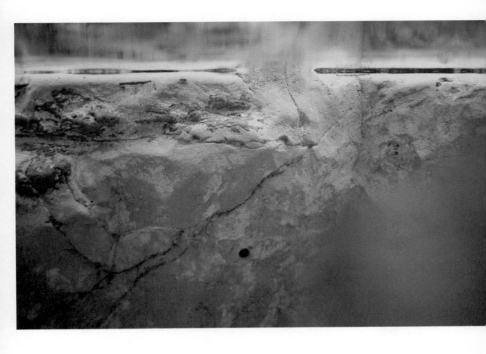

당신을 생각하며 받는 심리테스트처럼
내 모든 것을 들켜버릴 것 같은 기분.

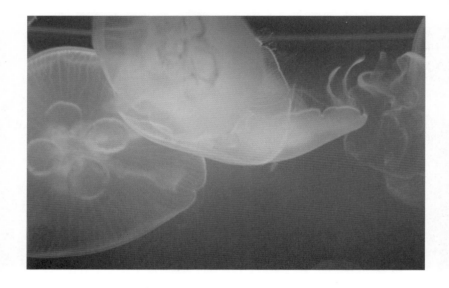

유연함을 배우고 싶은 날이다.

그는 예고도 없이 잠수를 탔고
하루에도 수십 번 오르락내리락 요동치는 내 감정.
'롤러코스터 현상'이 시작되었다.

'파리에서 맞이하는 백한번째 아침'을 상상하는
나는 제법 진지하다.

처음으로 행운의 편지를 받았을 때
친구 사이를 의심해보게 되었다.

잊자……

톨스토이가 그랬다. 사람이 살아가는 것은 사랑이 있기 때문이라고.

그 어느 때보다 자기 암시가 필요한 날들이지만
넌 사랑받아 마땅하다고 이야기하련다.
적당히 독하게. 내가 나에게.

매일이 행복하지 않아도 괜찮아!

'배려는 타인에 대한 이해를 가장 은은하게 나타내는 자세'라고
『마음사전』(김소연)에 쓰여 있었다.

어쩌면 사랑의 다른 이름이 아닐까, 라는 생각이 들었다.

눈이 폴폴 내리면 홋카이도에서의 시간들이 생각나고
초겨울 시내버스 매연 냄새를 맡으면 카트만두가 생각나고
겨울 자작나무를 보면 이르쿠츠크가 생각난다.

자연스럽게 떠오르는 여행의 시간들
그 기억들을 수집하려고 또 배낭을 꾸리는가보다.

너에게 쉬운 일이 내겐 왜 이렇게 어려울까?

처음으로 죽음을 떠올렸을 때, 죽는 순간도 당신과 함께이고 싶었다.

"날 좀 위로해줘."
내가 할 수 있는 위로라곤 조용히 그의 손을 잡아주는 것뿐이었다.

"시련은 오래가지 않으나
시련을 이긴 사람은 오래간다."
오후 2시.
93.1 라디오를 듣다가 메모를 한다.

마음이 굳어지면
다른 사람을 찌를 수도 있지만
온기를 품으면 눈 녹듯 녹는 것이 사람 마음인걸.

후 하고 긴 숨을 내쉬며
'너여야만 하는 이유'에 대한 생각을 노트에 적어본다.

나에게 말 걸기 좋은 계절
방안에 틀어박혀 사소한 변화를 꿈꾼다.

봄날 대청소하는 기분으로 툭툭 털어내고 새로 시작하련다.

뛰어가는 사람.
미끄러운 길.
멀어지는 사람.
닿을 수 없는 손.

욕심은 타인이 아닌 자신에게만 부리면 된다는 생각을
잠시 해본 적도 있었다.

기다림이 익숙함으로 다가올 때,

안녕?
안녕!
안녕……

그는 자신이 목격한 삶의 디테일들을 잊지 않고자 사진을 찍기 시작했고
나는 표정 하나를 기억하고자 사진을 찍기 시작했다.

희귀한 순간을 우리는 가끔씩 누린다.

몇 시간씩 비행기를 타고 꿈을 꾸다보면
나 자신에게로 돌아왔다는 느낌이 들기도 한다.
여행에서 돌아와서야 '그곳'을 그릴 수 있었다.

겨울은 이만 물러갑니다.
꾸벅.

"나는 사랑은 뭔지 모르겠고 앓다가는 삶을 선택했다. 넌 뭘 택할래?"

이런 질문을 던진 남자가 있었다. 나는 그 남자를 선택했다. 얼마나 더 앓아야 사랑에 대해 말할 수 있을지 모르겠지만 그를 앓는 동안 써내려간 문장들과 사진으로 책을 엮었다. 나에게 보내는 엽서 같은 이 책에는 365개의 사진과 글이 담겨 있다. 하루 한 장의 사진과 짧은 고백들을 펼쳐 보이기까지 나는 꽤나 긴 시간을 끙끙거렸다.

인생을 계절에 비유한다면 이 책을 쓰기 시작할 무렵은 환절기였다. 크고 작은 변화를 지나야만 했다. 결혼을 하고 임신을 하고 자연스럽게 두 아이의 엄마가 되었다. 생각보다 큰 변화였고 이전에 경험해보지 못한 세계였기에 뒤뚱거릴 수밖에 없었다. 책 속에 있는 여자는 봄이라는 계절에 사랑을 시작할 수 있는 처녀였는데 현실의 나는 여자가 아닌 엄마였다. 내가 하던 사랑은 다른 색을 입었고, 자유로운 여행의 방식은 포기해야만 했으며 내가 누리던 소소한 일상은 가까스로 얻어낼 수 있는 보너스였다. 하지만 여전히 나는 변함없이 나였고, 여자이길 원했다. 나 자신을 잃지 않기 위해 책 속의 문장을 이어나갔다. 다행히 4년이 지나 원고를 완성할 수 있었다. 정말 다행이다.

긴 시간을 기다려준 김민정 시인과 내 사랑하는 가족에게 감사의 마음을 전한다.

여전히 나는 환절기를 보내고 있다. 조금 달라진 것이 있다면 이 계절을 즐길 수 있는 여유가 생겼다는 것이다. 그 시절을 지나야 비로소 보이는 것이 있는가보다. 이제 한결 가벼운 시선으로 내 계절의 변화를 지켜보려고 한다.

2016년 5월
전소연

오늘
당신이
좋아서

ⓒ전소연 2016

초판 1쇄 인쇄 2016년 6월 30일
초판 1쇄 발행 2016년 7월 15일

지은이   전소연
펴낸이   염현숙
편집인   김민정
편집   강윤정, 도한나
디자인   한혜진
마케팅   정민호 박보람 이동엽 배규원
온라인마케팅   김희숙 김상만 이천희
제작   강신은 김동욱 임현식
제작처   영신사
펴낸곳   (주)문학동네
임프린트   난다
출판등록   1993년 10월 22일 제406-2003-000045호
주소   10881 경기도 파주시 회동길 210
전자우편   blackinana@hanmail.net 트위터 @blackinana
문의전화   031-955-2656(편집) 031-955-8890(마케팅) 031-955-8855(팩스)
문학동네카페   http://cafe.naver.com/mhdn

ISBN 978-89-546-3923-1 03810

난다는 출판그룹 문학동네 임프린트입니다. 이 책의 판권은 지은이와 난다에 있습니다.
이 책 내용의 전부 또는 일부를 재사용하려면 반드시 양측의 서면 동의를 받아야 합니다.
이 도서의 국립중앙도서관 출판시도서목록(CIP)은
e-CIP 홈페이지(http://www.nl.go.kr/cip.php)에서 이용하실 수 있습니다.
(CIP 제어번호 : CIP 2015039226)

www.munhak.com